Acide sulfurique

Amélie Nothomb

Acide sulfurique

ROMAN

Albin Michel

IL A ÉTÉ TIRÉ DE CET OUVRAGE
TRENTE EXEMPLAIRES
SUR VÉLIN BOUFFANT DES PAPETERIES SALZER
DONT VINGT EXEMPLAIRES NUMÉROTÉS DE 1 À 20
ET DIX HORS COMMERCE NUMÉROTÉS DE I À X

Première partie

VINT le moment où la souffrance des autres ne leur suffit plus ; il leur en fallut le spectacle.

Aucune qualification n'était nécessaire pour être arrêté. Les rafles se produisaient n'importe où : on emportait tout le monde, sans dérogation possible. Être humain était le critère unique.

Ce matin-là, Pannonique était partie se promener au Jardin des Plantes. Les organisateurs vinrent et passèrent le parc au peigne fin. La jeune fille se retrouva dans un camion.

C'était avant la première émission : les gens ne savaient pas encore ce qui allait leur arriver. Ils s'indignaient. À la gare, on les entassa dans un wagon à bestiaux. Pannonique vit qu'on les filmait : plusieurs caméras les escortaient qui ne perdaient pas une miette de leur angoisse.

Elle comprit alors que leur révolte non seulement ne servirait à rien, mais serait télégénique. Elle resta donc de marbre pendant le long voyage. Autour d'elle pleuraient des enfants, grondaient des adultes, suffoquaient des vieillards.

On les débarqua dans un camp semblable à ceux pas si anciens des déportations nazies, à une notoire exception près : des caméras de surveillance étaient installées partout.

AUCUNE qualification n'était nécessaire pour être organisateur. Les chefs faisaient défiler les candidats et retenaient ceux qui avaient « les visages les plus significatifs ». Il fallait ensuite répondre à des questionnaires de comportement.

Zdena fut reçue, qui n'avait jamais réussi aucun examen de sa vie. Elle en conçut une grande fierté. Désormais, elle pourrait dire qu'elle travaillait à la télévision. À vingt ans, sans études, un premier emploi : son entourage allait enfin cesser de se moquer d'elle.

On lui expliqua les principes de l'émission. Les responsables lui demandèrent si cela la choquait.

– Non. C'est fort, répondit-elle.

Pensif, le chasseur de têtes lui dit que c'était exactement ça.

— C'est ce que veulent les gens, ajouta-t-il. Le chiqué, le mièvre, c'est fini.

Elle satisfit à d'autres tests où elle prouva qu'elle était capable de frapper des inconnus, de hurler des insultes gratuites, d'imposer son autorité, de ne pas se laisser émouvoir par des plaintes.

— Ce qui compte, c'est le respect du public, dit un responsable. Aucun spectateur ne mérite notre mépris.

Zdena approuva.

Le poste de kapo lui fut attribué.

— On vous appellera la kapo Zdena, lui dit-on.

Le terme militaire lui plut.

— Tu as de la gueule, kapo Zdena, lança-t-elle à son reflet dans le miroir.

Elle ne remarquait déjà plus qu'elle était filmée.

LES journaux ne parlèrent plus que de cela. Les éditoriaux flambèrent, les grandes consciences tempêtèrent.

Le public, lui, en redemanda, dès la première diffusion. L'émission, qui s'appelait sobrement « Concentration », obtint une audience record. Jamais on n'avait eu prise si directe sur l'horreur.

« Il se passe quelque chose », disaient les gens.

La caméra avait de quoi filmer. Elle promenait ses yeux multiples sur les baraquements où les prisonniers étaient parqués : des latrines, meublées de paillasses superposées. Le commentateur évoquait l'odeur d'urine et le froid humide que la télévision, hélas, ne pouvait transmettre.

Chaque kapo eut droit à plusieurs minutes de présentation.

Zdena n'en revenait pas. La caméra n'aurait d'yeux que pour elle pendant plus de cinq cents secondes. Et cet œil synthétique présageait des millions d'yeux de chair.

— Ne perdez pas cette occasion de vous rendre sympathiques, dit un organisateur aux kapos. Le public voit en vous des brutes épaisses : montrez que vous êtes humains.

— N'oubliez pas non plus que la télévision peut être une tribune pour ceux d'entre vous qui ont des idées, des idéaux, souffla un autre avec un sourire pervers qui en disait long sur les atrocités qu'il espérait les entendre proférer.

Zdena se demanda si elle avait des idées. Le brouhaha qu'elle avait dans la tête et qu'elle nommait pompeusement sa pensée ne l'étourdit pas au point de conclure par l'affirmative. Mais elle songea qu'elle n'aurait aucun mal à inspirer la sympathie.

C'est une naïveté courante : les gens ne savent pas combien la télévision les enlaidit. Zdena prépara son laïus devant le miroir sans se rendre compte que la caméra n'aurait pas pour elle les indulgences de son reflet.

LES spectateurs attendaient avec impatience la séquence des kapos : ils savaient qu'ils pourraient les haïr et que ceux-ci l'auraient bien cherché, qu'ils allaient même fournir à leur exécration un surcroît d'arguments.

Ils ne furent pas déçus. Dans l'abject médiocre, les déclarations des kapos passèrent leurs espérances.

Ils furent particulièrement révulsés par une jeune femme au visage mal équarri qui s'appelait Zdena.

— J'ai vingt ans, j'essaie d'accumuler les expériences, dit-elle. Il ne faut pas avoir d'a priori sur « Concentration ». D'ailleurs, moi je trouve qu'il ne faut jamais juger car qui sommes-nous pour juger ? Quand j'aurai fini le tournage, dans un an, ça aura du sens d'en penser quelque chose. Là, non. Je sais qu'il y en a pour dire que ce n'est pas normal, ce qu'on fait aux gens, ici. Alors je pose cette question : c'est quoi, la normalité ? C'est quoi, le bien, le mal ? C'est culturel.

— Mais, kapo Zdena, intervint l'organisateur, aimeriez-vous subir ce que subissent les prisonniers ?

— C'est malhonnête comme question. D'abord, les détenus, on ne sait pas ce qu'ils pensent, puisque les organisateurs ne le leur demandent pas. Si ça se trouve, ils ne pensent rien.

— Quand on découpe un poisson vivant, il ne crie pas. En concluez-vous qu'il ne souffre pas, kapo Zdena ?

— Elle est bonne, celle-là, je la retiendrai, dit-elle avec un gros rire visant à provoquer l'adhésion. Vous savez, je pense que s'ils sont en prison, ce n'est pas pour rien. On dira ce qu'on voudra, je crois que ce n'est pas un hasard si on atterrit avec les faibles. Ce que je constate, c'est que moi, qui ne suis pas une chochotte, je suis du côté des forts. À l'école, c'était déjà comme ça. Dans la cour, il y avait

16

le camp des fillettes et des minets : je n'ai jamais été parmi eux, j'étais avec les durs. Je n'ai jamais cherché à apitoyer, moi.

— Pensez-vous que les prisonniers tentent d'attirer sur eux la pitié ?

— C'est clair. Ils ont le beau rôle.

— Très bien, kapo Zdena. Merci pour votre sincérité.

La jeune fille quitta le champ de la caméra, épatée de ce qu'elle avait dit. Elle ne savait pas qu'elle pensait tant de choses. Elle se réjouit de l'excellente impression qu'elle allait produire.

Les journaux se répandirent en invectives contre le cynisme nihiliste des kapos et en particulier de la kapo Zdena, dont les propos donneurs de leçons consternèrent. Les éditorialistes revinrent beaucoup sur cette perle que constituait le beau rôle attribué aux prisonniers ; le courrier des lecteurs parla de bêtise autosatisfaite et d'indigence humaine.

Zdena ne comprit rien au déferlement de mépris dont elle était l'objet. Pas un instant elle ne pensa s'être mal exprimée. Elle en conclut simplement que les spectateurs et les journalistes étaient des bourgeois qui lui reprochaient son peu d'éducation ; elle mit leurs réactions sur le compte de leur haine du lumpenproletariat. « Et dire que je les respecte, moi ! » se dit-elle.

Elle cessa d'ailleurs très vite de les respecter. Son estime se reporta sur les organisateurs, à l'exclusion du reste du monde. « Eux au moins, ils ne me jugent pas. La preuve, c'est qu'ils me paient. Et ils me paient bien. » Une erreur par phrase : les chefs méprisaient Zdena. Ils se payaient sa tête. Et ils la payaient mal.

À l'inverse, s'il y avait eu la moindre possibilité que l'un ou l'autre détenu sorte vivant du camp, ce qui n'était pas le cas, il eût été accueilli en héros. Le public admirait les victimes. L'habileté de l'émission était de présenter d'eux l'image la plus digne.

Les prisonniers ne savaient pas lesquels d'entre eux étaient filmés ni ce que les spectateurs voyaient. Cela participait de leur supplice. Ceux qui craquaient avaient affreusement peur d'être télégéniques : à la douleur de la crise de nerfs s'ajoutait la honte d'être une attraction. Et en effet, la caméra ne dédaignait pas les moments d'hystérie.

Elle ne les privilégiait pas non plus. Elle savait qu'il était de l'intérêt de « Concentration » de montrer au maximum la beauté de cette humanité torturée. C'est ainsi qu'elle élut très vite Pannonique.

Pannonique l'ignorait. Cela la sauva. Si elle avait pu se douter qu'elle était la cible préférée de la caméra, elle n'eût pas tenu le coup. Mais elle était persuadée qu'une émission aussi sadique s'intéressait exclusivement à la souffrance.

Aussi s'appliquait-elle à n'afficher aucune douleur.

Chaque matin, quand les sélectionneurs inspectaient les contingents pour décréter lesquels étaient devenus inaptes au travail et seraient envoyés à la mort, Pannonique cachait son angoisse et son écœurement derrière un masque de hauteur. Ensuite, quand elle passait la journée à déblayer les gravats du tunnel inutile qu'on les forçait à construire sous la schlague des kapos, elle n'affichait rien. Enfin, quand on servait à ces affamés la soupe immonde du soir, elle l'avalait sans expression.

Pannonique avait vingt ans et le visage le plus sublime qui se pût concevoir. Avant la rafle, elle était étudiante en paléontologie. La passion pour les diplodocus ne lui avait pas laissé trop le temps de se regarder dans les miroirs ni de consacrer à l'amour une si radieuse jeunesse. Son intelligence rendait sa splendeur encore plus terrifiante.

Les organisateurs ne tardèrent pas à la repérer et à voir en elle, à raison, un atout majeur de « Concentration ». Qu'une fille si belle et si gracieuse fût promise à une mort à laquelle on assisterait en direct créait une tension insoutenable et irrésistible.

Entre-temps, il ne fallait pas priver le public des délectations auxquelles sa superbe invitait : les coups s'acharnaient sur son corps ravissant, pas trop fort, afin de ne pas l'abîmer à l'excès, assez cependant pour susciter l'horreur pure. Les kapos avaient aussi le droit d'insulter et ne se privaient pas d'injurier le plus bassement Pannonique, pour la plus grande émotion des spectateurs

LA première fois que Zdena aperçut Pannonique, elle grimaça.

Elle n'avait jamais vu ça. Qu'était-ce ? Elle
avait croisé bien des gens dans sa vie, mais
jamais elle n'avait vu ce qu'il y avait sur le
visage de la jeune fille. Elle ne savait d'ailleurs
pas si c'était sur son visage ou dans son visage.

« Les deux, peut-être », se dit-elle avec un
mélange de peur et de dégoût. Zdena détesta
cette chose qui la mettait si mal à l'aise. Ça lui
serrait le cœur comme quand on a mangé une
nourriture indigeste.

La kapo Zdena y repensa la nuit. Peu à peu,
elle remarqua qu'elle y pensait tout le temps.
Si on lui avait demandé ce que ce *y* désignait,
elle eût été incapable de répondre.

Dans la journée, elle s'arrangeait pour être

le plus souvent possible dans l'entourage de Pannonique, afin de l'observer à la dérobée et de comprendre pourquoi cette apparence l'obsédait.

Or plus elle l'examinait, moins elle comprenait. Elle avait un souvenir très vague des cours d'histoire qu'elle avait reçus à l'école, vers l'âge de douze ans. Dans le manuel, étaient reproduits des tableaux de peintres du passé – elle eût été bien en peine de dire s'il s'agissait du Moyen Âge ou d'un siècle ultérieur. On y voyait parfois des dames – des vierges ? des princesses ? – qui avaient sur et dans le visage ce même mystère.

Adolescente, elle avait pensé que c'était une chose imaginaire. De tels visages n'existaient pas. Elle l'avait constaté dans son entourage. Ce ne devait pas être la beauté puisque, à la télévision, celles qui étaient censées être belles n'étaient pas comme ça.

Et voici qu'à présent cette inconnue présentait ce visage. Il existait donc. Pourquoi se sentait-on si mal à l'aise quand on le voyait ? Pourquoi donnait-il envie de pleurer ? Était-elle la seule à éprouver ça ?

Zdena en perdit le sommeil. Des boursou-
flures se formèrent sous ses yeux. Les magazines
décrétèrent que la plus bête des kapos avait de
plus en plus une tête de brute.

Dès leur arrivée au camp, les prisonniers avaient été dépouillés de leurs vêtements et avaient reçu une tenue réglementaire à leur taille – pyjama pour les hommes, blouse pour les femmes. Un matricule qui leur était tatoué dans la peau devenait l'unique nom autorisé.

CKZ 114 – ainsi s'appelait Pannonique – était désormais l'égérie des spectateurs. Les journaux consacraient des articles à cette jeune fille admirable de beauté et de classe, dont personne ne connaissait la voix. On vantait la noble intelligence de son expression. Sa photo s'étalait en couverture de nombre de revues. Le noir et blanc, la couleur, tout lui allait.

Zdena lut un éditorial à la gloire de « la belle CKZ 114 ».

Belle : c'était donc ça. La kapo Zdena n'avait osé se le formuler, partant du principe qu'elle n'y connaissait rien. Elle fut assez fière d'avoir quand même été capable, sinon de comprendre, au moins de remarquer le phénomène.

La beauté : c'était donc ça, le problème de CKZ 114. Les filles supposées belles de la télévision n'avaient pas suscité ce malaise chez Zdena, qui en conclut qu'elles n'étaient peut-être pas vraiment belles. « Concentration » lui apprenait ce qu'était la beauté véritable.

Elle découpa une photo particulièrement réussie de CKZ 114 et la colla près de son lit.

Les détenus avaient ceci de commun avec les spectateurs qu'ils connaissaient le nom des kapos. Ceux-ci ne perdaient pas une occasion de gueuler leur propre identité, comme s'ils avaient besoin de l'entendre.

Lors de la sélection du matin, cela donnait :

– On se tient bien droit devant le kapo Marko !

Ou aux travaux du tunnel :

— Dis donc, c'est ça que tu appelles obéir au kapo Jan ?

Il existait une certaine parité entre les kapos, y compris dans la méchanceté, la brutalité et la bêtise.

Les kapos étaient jeunes. Aucun n'avait plus de trente ans. Il n'avait pas manqué de candidats plus âgés, voire vieux. Mais les organisateurs avaient pensé que la violence aveugle impressionnerait davantage si elle émanait de corps juvéniles, de muscles adolescents et de visages poupins.

Il y avait même un phénomène, la kapo Lenka, une vamp pulpeuse qui cherchait perpétuellement à plaire. Il ne lui suffisait pas d'aguicher le public et d'onduler des hanches devant les autres kapos : elle allait jusqu'à tenter de séduire les prisonniers, jetant son décolleté à leur figure et décochant des œillades à ceux qu'elle soumettait. Cette nymphomanie jointe à l'atmosphère méphitique qui sévissait dans l'émission écœurait autant qu'elle fascinait.

LES détenus avaient également ceci de commun avec les spectateurs qu'ils ignoraient le nom de leurs compagnons d'infortune. Ils eussent aimé le connaître, tant la solidarité et l'amitié leur étaient indispensables ; cependant un instinct les avertissait du danger d'un tel savoir.

Ils en eurent bientôt une illustration grave.

La kapo Zdena multipliait les occasions d'être en présence de la jeune CKZ 114. Les instructions n'avaient pas changé : s'il fallait frapper gratuitement quelqu'un, c'était la belle.

Forte de cette consigne, Zdena pouvait invoquer le devoir pour passer sa rage sur Pannonique. Elle y mettait un zèle particulier. Sans pour autant transgresser les ordres, qui étaient

de ne pas abîmer sa beauté, la kapo cognait
CKZ 114 plus que de raison.

Les organisateurs s'en étaient aperçus. Ils
ne désapprouvèrent pas cette disposition : il y
avait de la télégénie à voir se déchaîner cette
incarnation de la brusquerie qu'était Zdena sur
la délicatesse déchirante de la jeune fille.

Ils n'avaient pas accordé trop d'importance
à un autre signe de l'obsession de la kapo : elle
ne cessait de nommer ou plutôt de « matricu-
ler » sa victime. C'était :

— Lève-toi, CKZ 114 !

Ou :

— Je vais t'apprendre l'obéissance, CKZ 114 !

Ou :

— Tu vas voir ce que tu vas voir, CKZ 114 !

Voire ce simple hurlement qui en disait
long :

— CKZ 114 !

Parfois, quand elle n'en pouvait plus de frapper le jeune corps, elle le jetait par terre en
soufflant :

— On en reste là pour cette fois, CKZ !

Pannonique demeurait admirable de courage et de tenue face à ces traitements. Elle ne

desserrait pas les dents, s'appliquait à taire jusqu'aux nasillements de sa douleur.

Dans l'unité de Pannonique, il y avait un homme d'une trentaine d'années que ce martyre rendait fou. Il eût mille fois préféré être frappé, lui, plutôt que de voir le supplice récurrent de la jeune fille. À la pause, un soir, celui qu'on appelait EPJ 327 vint lui parler :

— Elle s'acharne sur vous, CKZ 114. C'est insupportable.

— Si ce n'était pas elle, ce serait quelqu'un d'autre.

— J'aimerais surtout que ce soit quelqu'un d'autre qu'on cogne.

— Que voulez-vous que j'y fasse, EPJ 327 ?

— Je ne sais pas. Souhaitez-vous que je lui parle ?

— Vous savez que vous n'en avez pas le droit, et que cela aurait pour unique résultat de redoubler sa violence.

— Et si vous, vous lui parliez ?

— Je n'ai pas plus de droits que vous.

— Ce n'est pas certain. Vous obsédez la kapo Zdena.

— Croyez-vous que j'aie envie d'entrer dans son jeu ?

— Je comprends.

Ils parlaient à voix très basse, de peur qu'un des micros omniprésents capte leur conversation.

— CKZ 114, puis-je vous demander votre prénom ?

— En d'autres temps, j'aurais aimé vous le dire. Là, je devine que ce serait très imprudent.

— Pourquoi ? Moi, si vous voulez, je suis prêt à vous révéler que je m'appelle...

— EPJ 327. Vous vous appelez EPJ 327.

— C'est dur. J'ai besoin que vous connaissiez mon nom. Et j'ai besoin de connaître le vôtre.

Il commençait à hausser le ton, de désespoir. Elle lui mit un doigt sur la bouche. Il tressaillit.

En vérité, la passion de la kapo Zdena croisait celle d'EPJ 327 : elle brûlait de connaître le prénom de CKZ 114. À force de rugir ce matricule quarante fois par jour, elle le trouvait insatisfaisant.

Ce n'est pas pour rien que les humains portent des noms à la place de matricules : le prénom est la clé de la personne. C'est le cliquetis délicat de sa serrure quand on veut ouvrir sa porte. C'est la musique métallique qui rend le don possible.

Le matricule est à la connaissance de l'autre ce que la carte d'identité est à la personne : rien.

Zdena s'aperçut avec fureur de cette limite de son pouvoir : elle qui avait des droits si étendus et monstrueux sur la détenue CKZ 114 n'avait pas les moyens de connaître son nom. Celui-ci n'était répertorié nulle part : les papiers des prisonniers étaient brûlés à leur arrivée au camp.

Elle ne pourrait apprendre le prénom de CKZ 114 que de la bouche de celle-ci.

Ne sachant trop si ce questionnement était autorisé, Zdena s'approcha de la jeune fille avec une certaine discrétion lors des travaux du tunnel et, à l'oreille, lui chuchota :

– Comment t'appelles-tu ?

Pannonique tourna vers elle un visage stupéfait.

– Quel est ton prénom ? murmura encore la kapo.

CKZ 114 fit non de la tête d'un air définitif. Et elle recommença à déblayer les pierres.

Vaincue, Zdena saisit sa schlague et roua de coups l'insolente. Quand elle s'arrêta enfin, à bout de forces, la victime, malgré sa souffrance, lui glissa une œillade amusée qui semblait dire :

« Si tu t'imagines que c'est avec des procédés pareils que tu vas me fléchir ! »

« Je suis une imbécile, pensa la kapo. Pour obtenir ce que je veux, je la démolis. Idiote de Zdena ! Aussi, ce n'est pas ma faute : elle me nargue, elle m'énerve, alors je m'emporte. Elle l'a bien cherché ! »

En visionnant des bandes non décryptées, Zdena vit que CKZ 114 avait eu une conversation avec EPJ 327. Elle déroba du penthotal à l'infirmerie et en injecta une dose à EPJ 327. Le sérum de vérité délia la langue du malheureux qui se mit à parler d'abondance :

– Je m'appelle Pietro, Pietro Livi, j'avais tellement besoin de le dire, j'ai tellement besoin de connaître le nom de CKZ 114, elle a eu raison de me le cacher, sinon je serais en train de te le révéler, kapo Zdena, je te hais, tu es tout ce que je méprise, et CKZ 114 est tout ce que j'aime, la beauté, la noblesse, la grâce, si je pouvais te tuer, kapo Zdena...

Estimant en avoir assez entendu, elle l'assomma. Des organisateurs l'interceptèrent : elle n'avait pas le droit de torturer des prisonniers pour son plaisir égoïste.

– Tu fais ce que tu veux, kapo Zdena, mais devant les caméras !

Quant au penthotal, il fut confisqué.

« Si je n'étais pas la reine des crétines, pensa Zdena, j'aurais injecté ce penthotal à CKZ 114. Maintenant, je n'en aurai plus sous la main, et je ne connaîtrai pas son nom. Ils avaient raison, dans le journal : je suis la bêtise satisfaite. »

C'était la première fois de sa vie que Zdena avait conscience et honte de sa nullité.

À la schlague, elle se fit relayer par d'autres kapos. Il ne manquait pas de brutes à vouloir se défouler sur le corps frêle de CKZ 114.

Dans un premier temps, Zdena se trouva en

progrès. Elle n'éprouvait plus trop le besoin de détruire ce qui l'obsédait. Parfois elle frappait d'autres prisonniers pour ne pas avoir l'air de se tourner les pouces. Mais cela n'avait aucune importance.

Peu à peu, sa conscience se troubla. Comment pouvait-elle être contente d'elle à si bon compte ? CKZ 114 subissait autant de violences qu'avant. Se laver les mains d'une situation ne signifiait pas que l'on était innocent.

Une partie obscure de Zdena lui soufflait aussi que quand c'était elle qui s'acharnait sur CKZ 114, il y avait du sacré dans cet acharnement. Alors qu'à présent la jeune fille était soumise au lot commun, à l'horreur aveugle, au supplice vulgaire.

Elle décida de réaffirmer son élection. À nouveau la kapo Zdena battit comme plâtre la jeune beauté. Quand celle-ci vit revenir la bourrelle qui s'était détournée d'elle pendant sept jours, elle eut dans l'œil une perplexité qui semblait demander le sens d'une attitude aussi étrange.

Zdena recommença à poser sa question :
– Comment t'appelles-tu ?

Et elle recommença à ne pas lui répondre, sans abandonner cet air narquois où la kapo n'avait pas tort de lire : « T'imagines-tu que je vis ton retour comme une grâce dont il faille te remercier ? »

« Elle a raison, pensa Zdena, il faut que je lui donne un motif de contentement. »

EPJ 327 raconta à CKZ 114 l'interrogatoire qu'il avait subi.

— Vous voyez, dit-elle, il ne faut pas que vous connaissiez mon nom.

— Elle connaît désormais le mien, mais cela, il est clair qu'elle s'en fiche. Vous êtes l'unique obsession de la kapo Zdena.

— C'est un privilège dont je me passerais volontiers.

— Je suis sûr que vous pourriez en tirer avantage.

— Je préfère ne pas comprendre le sens de vos paroles.

— Je ne le disais pas de façon humiliante. Vous n'avez pas idée de l'estime que j'ai pour vous. Et je vous sais gré de me l'inspirer : je n'ai jamais eu autant besoin d'estimer quelqu'un que depuis que nous sommes dans cet enfer.

— Moi, je n'ai jamais eu autant besoin d'avoir la tête haute. C'est la seule chose qui me soutienne.

— Merci. Votre orgueil est le mien. J'ai l'impression qu'il est aussi celui de tous, ici.

Il ne se trompait pas. Les prisonniers avaient également leurs yeux aimantés par sa beauté.

— Savez-vous que les propos les plus sublimes sur la gloire cornélienne ont été écrits par un Juif français en 1940 ? dit encore EPJ 327.

— Vous étiez professeur ? demanda la jeune fille.

— Je le suis toujours. Je refuse d'en parler au passé.

— Alors, kapo Zdena, tu as recommencé à tabasser CKZ ? rigola le kapo Jan.

— Oui, dit-elle, sans remarquer qu'on se moquait d'elle.

— Elle te plaît bien, hein ? demanda le kapo Marko.

— C'est vrai, répondit-elle.

38

– Tu adores la cogner. Tu ne peux pas t'en passer.

Zdena réfléchit très vite. Elle eut l'instinct de mentir.

– Oui, j'aime ça.

Les autres rirent grassement.

Zdena pensa qu'il y avait deux semaines ce n'eût pas été un mensonge.

– Je peux vous demander quelque chose, les gars ? s'enquit-elle.

– Essaie toujours.

– Laissez-la-moi.

Les kapos hurlèrent de rire.

– D'accord, kapo Zdena, on te la laisse, dit le kapo Jan. À une seule condition.

– Laquelle ? interrogea Zdena.

– Que tu nous racontes.

Le lendemain, aux travaux du tunnel, CKZ 114 vit s'approcher d'elle la kapo Zdena, schlague à la main.

La caméra se braqua sur cette paire de filles qui obsédait les spectateurs.

Pannonique redoubla d'efforts, sachant que ce zèle ne lui éviterait rien.

— Tu es une mauviette, CKZ 114 ! hurla la kapo.

Une pluie de coups de schlague s'abattit sur la prisonnière.

Aussitôt, Pannonique s'aperçut qu'elle ne ressentait rien. La schlague avait été remplacée par une imitation inoffensive. CKZ 114 eut le réflexe de feindre la douleur retenue.

Ensuite elle eut un bref regard en direction du visage de la kapo. Elle y lut une intensité significative : la bourrelle était à l'origine de ce secret et ne le partageait qu'avec sa victime.

L'instant d'après, Zdena redevint une kapo ordinaire, gueulant sa haine.

Après une semaine de fausse schlague, la kapo Zdena reposa sa question à CKZ 114 :

— Quel est ton prénom ?

Pannonique ne répondit rien. Ses yeux sondèrent ceux de l'ennemie. Elle saisit son lot de gravats et les apporta sur le monceau commun. Puis elle revint remplir sa bassine de déblayage.

Zdena l'attendait, l'air insistant, comme pour lui signifier que son traitement de faveur méritait une récompense.

– Comment t'appelles-tu ?

Pannonique réfléchit un instant avant de lui dire :

– Je m'appelle CKZ 114.

C'était la première fois qu'un kapo l'entendait parler.

À défaut de donner son nom à Zdena, elle lui offrait un cadeau inespéré : le son de sa voix. Un son sobre, sévère et pur. Une voix d'un timbre rare.

Zdena s'en trouva si décontenancée qu'elle ne remarqua pas la réponse biaisée.

La kapo ne fut pas la seule à noter le phénomène. Le lendemain, nombre de chroniqueurs titraient : ELLE A PARLÉ !

Il était rarissime qu'un prisonnier parle. À plus forte raison, aucun média n'avait encore pu capter la voix de CKZ 114. D'elle, on n'avait pu entendre que de vagues gémissements sous les coups. Là, elle avait dit quelque chose : « Je m'appelle CKZ 114. »

« Ce qu'il y a de plus singulier dans cet

énoncé, écrivit un journaliste, c'est le *je*. Ainsi, cette jeune fille qui, sous nos yeux consternés, subit la pire infamie qui soit, la déshumanisation, l'humiliation, la violence absolue – cette jeune fille que nous verrons mourir et qui est déjà morte, peut encore fièrement commencer une phrase par un *je* triomphant, une affirmation de soi. Quelle leçon de courage ! »

Un autre quotidien en tirait une analyse opposée :

« Cette jeune femme clame publiquement sa défaite. Elle prend – enfin ! – la parole, mais pour s'avouer vaincue, pour dire que l'unique identité dans laquelle elle se reconnaisse désormais est ce matricule de l'horreur barbare. »

Aucun média ne saisit la véritable nature de ce qui s'était passé : l'action n'avait eu lieu qu'entre ces deux filles et n'avait de sens que pour elles. Et cette signification, gigantesque, était : « J'accepte de dialoguer avec toi. »

LES autres détenus ne comprirent pas davantage. Ils éprouvaient tous la plus grande admiration pour CKZ 114. Elle était leur héroïne, celle dont la noblesse donnait le courage de redresser la tête.

Une jeune femme qui portait le matricule MDA 802 dit à Pannonique :

– C'est bien, tu lui tiens la dragée haute.

– Si vous n'y voyez pas d'inconvénient, je préfère le vouvoiement.

– Je pensais que nous étions amies.

– Précisément. Laissons le tutoiement à ceux qui nous veulent du mal.

– Il me sera difficile de vous vouvoyer. Nous avons le même âge.

– Les kapos ont également notre âge. C'est

la preuve que, passé l'enfance, un âge identique ne suffit plus à constituer un point commun.

— Croyez-vous que ce vouvoiement servira à quelque chose ?

— Ce qui nous différencie des kapos est forcément indispensable. Comme tout ce qui rappelle que, contrairement à eux, nous sommes des individus civilisés.

Cette attitude se propagea. Bientôt il n'y eut plus aucun prisonnier pour en tutoyer un autre.

Ce vouvoiement généralisé eut des conséquences. On ne s'en aima pas moins, on n'en fut pas moins intime, mais on se respecta infiniment plus. Ce n'était pas une déférence formelle : on avait plus d'estime les uns pour les autres.

Le repas du soir était une misère : du pain rassis et une soupe si claire que c'était un miracle si son bol contenait une épluchure de légume. On avait si faim et les quantités étaient si maigres qu'on attendait cependant cette collation avec fièvre.

Ceux qui recevaient cette pitance se jetaient dessus sans parler et la mangeaient à l'économie, l'air veule, calculant les bouchées.

Il n'était pas rare qu'à la fin de sa ration quelqu'un éclate en sanglots d'avoir le ventre si vide jusqu'au lendemain soir : n'avoir vécu que pour ce repas minable et n'avoir plus d'espoir en rien, oui, il y avait de quoi pleurer.

Pannonique ne supporta plus cette souffrance. Lors d'un repas, elle se mit à parler. Comme une convive autour d'une table bien garnie, elle engagea la conversation avec les gens de son unité. Elle évoqua des films qu'elle avait aimés et les acteurs qu'elle admirait. Un voisin approuva, le suivant s'indigna, le contredit, expliqua son point de vue. Le ton monta. Chacun prit position. On s'enflamma. Pannonique éclata de rire.

Il n'y eut qu'EPJ 327 pour s'en apercevoir.

– C'est la première fois que je vous vois rire.

– Je ris de bonheur. Ils parlent, ils se disputent, comme si c'était important. C'est merveilleux !

– C'est vous qui êtes merveilleuse. Grâce à

vous, ils ont oublié qu'ils mangeaient de la merde.

— Pas vous ?

— Moi, ce n'est pas d'aujourd'hui que j'ai remarqué votre pouvoir. Sans vous, je serais mort.

— On ne meurt pas si facilement.

— Rien de plus simple que de mourir ici. Il suffit de se montrer inapte au travail et, le lendemain, on est tué.

— On ne peut pourtant pas décider qu'on va mourir.

— Si. Cela s'appelle le suicide.

— Très peu d'êtres humains sont réellement capables de suicide. Je suis comme la majorité, j'ai l'instinct de survie. Vous aussi.

— Sincèrement, sans vous je ne suis pas sûr que je l'aurais. Même dans ma vie d'avant je n'ai jamais connu quelqu'un de votre espèce : un être auquel on puisse vouer sa pensée. Il me suffit de penser à vous et je suis sauvé du dégoût.

La tablée de Pannonique ne connut plus de dîners sordides. Les unités environnantes comprirent le principe et l'imitèrent : plus personne ne mangea en silence. Le réfectoire devint un lieu bruyant.

On avait toujours aussi faim et, pourtant, plus personne n'éclatait en sanglots en terminant sa pitance.

On n'en maigrissait pas moins. CKZ 114, qui était mince à son arrivée au camp, avait perdu la douce rondeur de ses joues. La beauté de ses yeux s'en accrut, la beauté de son corps s'en détériora.

La kapo Zdena s'en inquiéta. Elle essaya de glisser des provisions à celle qui l'obsédait. CKZ 114 les refusa, effarée à l'idée de ce qu'elle risquait en les acceptant.

Soit le geste de Zdena était enregistré par la caméra, et CKZ 14 encourait un châtiment dont elle préférait ignorer la nature.

Soit le geste de Zdena n'était pas enregistré par la caméra, et CKZ 114 préférait ignorer la nature des remerciements que la kapo exigerait d'elle.

Par ailleurs, elle crevait de faim. Il était terrible de laisser filer des tablettes de chocolat dont l'idée la rendait malade de désir. Elle s'y résolvait néanmoins, faute de trouver la solution.

Il advint que MDA 802 remarquât ce manège. Elle en conçut une grande colère.

À la pause, à voix basse, elle vint apostropher sa compagne d'infortune :

— Comment osez-vous refuser de la nourriture ?

— Cela me regarde, MDA 802.

— Non, cela nous regarde aussi. Ce chocolat, vous pourriez le partager.

— Vous n'avez qu'à y aller, vous, avec la kapo Zdena.

— Vous savez très bien qu'elle s'intéresse uniquement à vous.

— Ne croyez-vous pas qu'il y ait lieu de m'en plaindre ?

— Non. Nous voudrions tous que quelqu'un vienne nous offrir du chocolat.

— À quel prix, MDA 802 ?

— Au prix que vous fixerez, CKZ 114.

Et elle s'en alla, furieuse.

Pannonique réfléchit. MDA 802 n'avait pas tort. Elle s'était montrée égoïste. « Au prix que vous fixerez » : oui, il devait y avoir moyen de manœuvrer sans pour autant abdiquer.

ZDENA n'était pas capable de penser avec les mots d'EPJ 327. Les phénomènes qu'elle observait dans sa tête étaient cependant comparables. Le dégoût dont il avait parlé à Pannonique, elle le connaissait. Elle l'éprouvait au point de l'appeler par son nom.

Dès sa prime jeunesse, Zdena, quand on la méprisait, quand on méprisait devant elle ce qu'on ne comprenait pas, quand on démolissait gratuitement quelque chose de beau, quand on rabaissait quelqu'un pour le plaisir de se vautrer dans la fange et de provoquer la risée, ressentait un malaise tenace que son cerveau avait baptisé dégoût.

Elle s'était habituée à vivre avec cette saleté, se disant que c'était le lot commun, l'alimentant même, pour se donner l'illusion de n'en être pas toujours la victime. Elle pensait qu'il valait mieux provoquer l'écœurement que le subir.

Rarissimement, le dégoût s'évanouissait. Quand elle entendait une musique qui lui paraissait belle, quand elle quittait un lieu étouffant et recevait de plein fouet la largesse de l'air glacial, quand l'excès de nourriture d'un banquet s'oubliait dans une gorgée de vin âpre, c'était mieux qu'un répit : soudain le dégoût s'inversait et il n'y avait pas de mot pour son opposé, ce n'était ni de l'appétit ni du désir, c'était mille fois plus fort, une foi en quelque chose de trop vaste qui se dilatait en elle au point de lui exorbiter les yeux.

Pannonique produisait sur elle cet effet. Une sensation sans nom pour une personne sans nom : il y avait trop d'innommé dans cette affaire. À n'importe quel prix, Zdena obtiendrait le prénom de CKZ 114.

L'AMAIGRISSEMENT était moins un problème esthétique qu'une question de vie ou de mort. Le matin, à la première inspection, les détenus étaient passés en revue : ceux qui semblaient trop décharnés pour être viables se retrouvaient sélectionnés dans la mauvaise file.

Certains prisonniers glissaient des chiffons sous leur uniforme afin d'étoffer leur silhouette. Ne pas perdre trop de poids était une angoisse continuelle.

Une unité se composait de dix personnes. Pannonique était obsédée par le salut de ces dix individus, parmi lesquels il y avait EPJ 327 et MDA 802. Mais la pression inconsciente qu'exerçait sur elle son unité pour accepter le chocolat de la kapo lui devenait intolérable.

L'horreur des circonstances exacerbait son

orgueil. « Mon nom vaut plus que du chocolat », pensait-elle.

Entre-temps, elle maigrissait aussi. Être l'égérie du public ne la mettait pas à l'abri de la mort : les organisateurs se frottaient déjà les mains à l'idée de la télégénie de son agonie retransmise par cinq caméras.

Zdena paniqua. Comme CKZ 114 s'obstinait à refuser le chocolat qu'elle lui tendait, la kapo le glissa d'autorité dans la poche de sa blouse. La jeune fille esquissa aussitôt un geste de duplication. Zdena fut si estomaquée d'un tel culot qu'elle glissa, ni vu ni connu, une deuxième tablette dans la poche de sa protégée.

Celle-ci lui adressa une vague œillade de remerciement. Zdena n'en revint pas de tant de superbe. « Elle ne se prend pas pour n'importe quoi », se dit-elle. Elle convint cependant qu'elle avait parfaitement raison.

Au repas du soir, Pannonique glissa sous la table, de genou en genou, des bâtons de chocolat qui déclenchèrent un enthousiasme pathétique. Les prisonniers mangèrent ce butin avec extase.

– C'est la kapo Zdena qui vous l'a donné ? demanda MDA 802.

– Oui.

EPJ 327 grimaça à l'idée de ce que CKZ 114 avait dû payer.

– Quel prix aviez-vous fixé ? interrogea MDA 802.

– Aucun. Je l'ai eu pour rien, ce chocolat.

EPJ 327 soupira de soulagement.

– Elle tient à votre vie, commenta MDA 802.

– Vous voyez : j'ai eu raison de ne pas gaspiller mon prénom, dit CKZ 114.

Il y eut un éclat de rire général.

Ce devint une habitude : chaque jour la kapo glissait deux tablettes de chocolat dans la poche de CKZ 114, sans autre remerciement qu'un regard rapide.

La première émotion passée, Zdena commença à trouver que sa protégée se payait sa tête. Elle aimait l'idée d'être la bienfaitrice de celle qui l'obsédait. Or Pannonique ne se comportait absolument pas comme une obligée éperdue de gratitude : si au moins elle avait tourné vers elle de grands yeux bouleversés de reconnaissance ! En vérité, la jeune fille se conduisait comme si ce chocolat était son dû.

Zdena se disait que CKZ 114 y allait un peu fort. Au fil des jours, son ressentiment s'accrut. Elle eut l'impression de revivre cette humiliation qui ne lui était que trop familière : on la méprisait.

Elle savait désormais que les kapos et le public la méprisaient : cela lui était égal. Le mépris de CKZ 114 la rendait malade. Elle regrettait d'avoir échangé sa schlague contre un ersatz. Elle eût aimé battre l'inconnue pour de bon.

Pire : il lui semblait que toute l'unité de CKZ 114 la méprisait. Elle devait être leur risée. Elle songea à priver de chocolat la jeune fille. Hélas, celle-ci ne s'était pas étoffée.

Évidemment : elle devait partager le chocolat avec les autres. C'est pourquoi il ne lui profitait pas. Ces salauds de son unité lui prenaient peut-être même sa part. Et ils se moquaient d'elle, en plus.

Zdena contracta une haine infinie pour l'entourage de celle qui l'obsédait.

La vengeance de la kapo ne tarda pas à se manifester.

Un matin où elle passait en revue l'unité de sa protégée, Zdena s'arrêta devant MDA 802.

Elle prit le temps de ne rien dire, sachant combien son silence épouvantait sa victime. Elle la toisa. Était-ce à cause de son petit visage pointu et impertinent qui était à ce point le contraire du sien ? Était-ce parce qu'elle la sentait amie avec CKZ 114 ? Zdena détestait MDA 802.

L'unité entière ne respirait plus, partageant le sort de l'infortunée.

– Tu es maigre, MDA 802, finit par lancer la kapo.

– Non, kapo Zdena, répondit la frondeuse.

– Si, tu as maigri. Comment ne maigrirais-tu pas, avec ces travaux forcés et ce régime de famine ?

– Je n'ai pas maigri, kapo Zdena.

– Tu n'as pas maigri ? Est-ce que par hasard

quelqu'un te donnerait des friandises en cachette ?

— Non, kapo Zdena, dit la prisonnière de plus en plus malade de peur.

— Donc, ne nie plus que tu as maigri ! gueula la kapo.

Et elle attrapa la détenue par l'épaule et la lança comme un projectile dans la file des condamnés à mort. Le menton de MDA 802 se mit à trembler convulsivement.

Ce fut alors que l'indicible eut lieu.

CKZ 114 sortit de son rang, alla saisir la main de MDA 802 et la ramena parmi les vivants.

Et comme Zdena, furibonde, arrivait en courant pour rétablir la sentence, CKZ 114 se posta face à elle, planta ses yeux dans les siens et clama haut et fort :

— Je m'appelle Pannonique !

Deuxième partie

UNE éternité passa avant que les choses ne reprennent leur cours.

Zdena était restée immobile devant celle qui, désormais, avait plus que quiconque un nom. Béate, émerveillée, scandalisée, hagarde, elle avait reçu un coup sur la tête.

MDA 802, sonnée, pleurait sans bruit.

CKZ 114 ne lâchait pas les yeux de la kapo. Elle la toisait avec une intensité extrême.

EPJ 327, éperdu, la contemplait. Il la trouvait aussi magnifique que son prénom.

Dans la salle aux quatre-vingt-quinze écrans, les organisateurs exultaient.

Cette petite avait le sens du spectacle. Ils n'étaient pas sûrs d'avoir compris ce qui s'était passé ; ils étaient cependant sûrs que le public n'avait pas compris, vu le mépris qui lui était dû. Ils n'en étaient pas moins certains que c'était une scène de légende.

Déjà les médias amis téléphonaient pour demander la signification de l'événement. On leur expliquait que ce n'était aucunement une règle du jeu : la jeune CKZ 114 avait créé un choc qui n'avait de valeur que dans l'unicité. C'était un happening. Donc, cela ne se reproduirait pas.

On était d'autant plus péremptoire qu'on ne captait pas la nature du miracle.

Qui la captait ?

Pas Zdena, qui avait quitté les sphères de la raison. Trop éblouie par ce qu'elle avait entendu pour penser, elle n'en finissait pas de subir l'identité de celle qui l'obsédait. Elle défaillait.

Pas CKZ 114, qui croyait avoir découvert par hasard un procédé. « Mon nom a sauvé une vie. Un nom vaut une vie. Si chacun d'entre nous prend conscience du prix de son prénom et se conduit en conséquence, bien des existences seront épargnées. »

Pas les autres prisonniers, qui certes étaient bouleversés, mais qui croyaient avoir assisté à un sacrifice, une abdication. Leur héroïne s'était départie d'un trésor pour secourir une amie. N'était-ce pas le début de sa prostitution ? Ce don ne l'exposait-il pas à des offrandes plus graves ?

EPJ 327 était le seul à ne pas se tromper : il savait que cet acte ne pourrait pas être réédité. Quand un nom est un rempart et que ne pouvoir le franchir enivre, cela s'appelle l'amour. Ce à quoi ils avaient assisté était un acte d'amour.

Ce qu'il y a d'affreux, dans les miracles, ce sont les limites de leur impact.

La force de frappe du prénom Pannonique sauva la vie de MDA 802 et révéla à la kapo l'existence du sacré. Mais elle ne sauva pas ceux que « Concentration » tua ce jour-là et ne révéla pas l'existence du sacré à une foule de gens.

Elle n'empêcha pas non plus le temps de reprendre sa marche. Les prisonniers épuisés et affamés allèrent travailler au tunnel sous les coups de schlague. Le désespoir les regagna.

Nombre d'entre eux s'étonnèrent de s'entendre penser, afin de se donner du courage : « Elle s'appelle Pannonique. » Ils ne voyaient pas ce qui pouvait leur procurer tant de force dans cette information, mais ils le constataient.

Au dîner, CKZ 114 fut accueillie comme une héroïne. Le réfectoire entier scanda son nom quand elle entra.

À la table de son unité, il y avait de l'ambiance.

— Je suis désolée, commença-t-elle, la kapo Zdena ne m'a pas donné de chocolat aujourd'hui.

— Merci, Pannonique. Vous m'avez sauvé la vie, dit solennellement MDA 802.

CKZ 114 se lança dans la théorie qu'elle avait construite mentalement lors des travaux du tunnel. Elle expliqua que tous pouvaient et devaient faire comme elle : ainsi, ils pourraient ramener bien des condamnés dans la file des vivants.

On l'écouta avec gentillesse. On n'allait quand même pas lui dire qu'elle racontait n'importe quoi.

Lorsqu'elle eut fini son laïus plein d'enthousiasme, EPJ 327 déclara :

— Quoi qu'il en soit, nous ne vous appellerons plus autrement que Pannonique, n'est-ce pas ?

L'assentiment fut général.

— C'est un beau prénom, je ne l'avais jamais entendu, dit un homme qui parlait rarement.

— Pour moi, ce sera toujours le plus beau nom du monde, dit MDA 802.

— Pour nous tous, votre nom sera éternellement le plus noble, dit EPJ 327.

— Je ne sais plus où me mettre, dit CKZ 114.

— Romain Gary a été prisonnier d'un camp allemand pendant la dernière guerre, reprit EPJ 327. Les conditions de survie des détenus étaient à peu près les mêmes que les nôtres. Je n'ai pas besoin de vous raconter combien c'est inhumain et, pire, déshumanisant. Contrairement à ici, les sexes étaient séparés. Dans son camp d'hommes, Gary voyait les détenus, comme lui, devenir de pauvres sauvages, des animaux souffrants. Ce qu'ils pensaient était une tragédie plus grave que ce qu'ils enduraient. Leur pire tourment était qu'ils en étaient conscients. Continuellement humiliés de la portion congrue d'humanité à laquelle ils se trouvaient réduits, ils aspiraient à la mort. Jusqu'au jour où l'un d'eux eut une idée géniale : il inventa le personnage de la dame.

EPJ 327 s'interrompit pour enlever de sa soupe un cancrelat qui flottait, puis il continua :

— Il décida que désormais ils vivraient tous comme s'il y avait parmi eux une dame, une vraie, à qui l'on parlerait avec les honneurs dus à une telle personne et devant qui l'on craindrait de déchoir. Cette construction de l'imagination fut adoptée par chacun. Ainsi fut fait. Peu à peu, ils constatèrent qu'ils étaient sauvés : à force de vivre en la haute compagnie de la dame fictive, ils avaient reconstitué la civilisation. Aux repas, où leur nourriture ne valait guère mieux que la nôtre, ils recommencèrent à parler, mieux, à converser, à dialoguer, à écouter les autres avec attention. On s'adressait à la dame avec égards pour lui raconter des choses dignes d'elle. Même quand on ne lui parlait pas, on s'habituait à l'idée de vivre sous son regard, d'avoir une attitude qui ne désole pas de tels yeux. Cette ferveur nouvelle n'échappa pas aux kapos qui entendirent murmurer au sujet de la présence d'une dame et enquêtèrent. Ils fouillèrent le camp de fond en comble et ne trouvèrent personne. Cette victoire mentale des prisonniers les tint jusqu'au bout.

– C'est une belle histoire, dit l'un d'eux.

– La nôtre est plus belle encore, rétorqua EPJ 327. Nous n'avons pas dû inventer notre personnage de la dame : elle existe, elle vit avec nous, nous pouvons la regarder, lui parler, elle nous répond, elle nous sauve et elle s'appelle Pannonique.

– Je suis sûre qu'une dame imaginaire serait beaucoup plus efficace, murmura CKZ 114.

EPJ 327 avait oublié de mentionner une autre différence fondamentale avec les camps nazis : les caméras. Son omission était significative : les prisonniers cessaient très vite d'y penser. Ils étaient trop accaparés par leur souffrance pour s'offrir en spectacle.

Cette amnésie partielle les sauvait. Autant le regard bienveillant d'une dame imaginaire ou d'une jeune fille réelle aidait à vivre, autant l'œil froid et glouton de la machine réduisait en esclavage. Pis : il réduisait les possibilités fictives de l'esprit.

Tout être qui connaît un enfer durable ou passager peut, pour l'affronter, recourir à la technique mentale la plus gratifiante qui soit : se raconter une histoire. Le travailleur exploité s'invente prisonnier de guerre, le prisonnier de guerre s'imagine chevalier du Graal, etc. Toute misère comporte son emblème et son héroïsme. L'infortuné qui peut remplir sa poitrine d'un souffle de grandeur redresse la tête et ne se trouve plus à plaindre.

Sauf s'il remarque la caméra qui épie sa douleur. Il sait alors que le public verra en lui une victime et non un lutteur tragique.

Vaincu d'avance par la boîte noire, il laisse tomber les armes épiques de son récit intérieur. Et il devient ce que les gens verront : un pauvre type broyé par une histoire extérieure, une portion congrue de lui-même.

C'EST quand son absence est la plus criante que Dieu est le plus nécessaire. Avant « Concentration », Dieu était pour Pannonique ce qu'il était pour la plupart des gens : une idée. Il était intéressant de l'examiner, passionnant d'en envisager les vertiges. Quant au concept de l'amour divin, il était particulièrement fascinant, au point d'évacuer la fameuse question de l'existence de Dieu : l'apologétique était une antique sottise qui n'engendrait que niaiseries.

Depuis son arrestation, Pannonique avait de Dieu un besoin atroce. Elle avait faim de l'insulter jusqu'à plus soif. Si seulement elle avait pu tenir une présence supérieure pour responsable de cet enfer, elle aurait eu le réconfort de pouvoir la haïr de toutes ses forces et l'accabler des injures les plus violentes. Hélas, la réalité incontestable du camp était la négation de Dieu : l'existence de l'un entraînait inéluctablement l'inexistence de l'autre. On ne pouvait même plus y réfléchir : l'absence de Dieu était établie.

Il était insoutenable de n'avoir personne à qui adresser une telle haine. Il naissait de cet état une forme de folie. Haïr les hommes ? Cela n'avait pas de sens. L'humanité était ce grouillement disparate, cet absurde supermarché qui vendait n'importe quoi et son contraire. Haïr l'humanité revenait à haïr une encyclopédie universelle : il n'y avait pas de remède à cette exécration-là.

Non, c'était le principe fondateur que Pannonique avait besoin de haïr. Un jour, il s'opéra dans sa tête un glissement : puisque la place était vacante, ce serait elle, Pannonique, qui serait Dieu.

Elle rit d'abord de l'énormité de ce plan. Ce rire la retint : déjà, le simple fait d'avoir trouvé un motif de rire l'impressionna. Le projet était aberrant et grotesque, certes : cela lui était bien égal. En matière d'aberration, elle ne pourrait pas aller plus loin que ce camp.

Dieu : elle n'était pas taillée pour le rôle. Personne ne l'était. Là n'était pourtant pas la question. La place était vacante : c'était cela, le problème. Elle occuperait donc cette place. Ce serait elle, le principe fondateur à haïr : c'était beaucoup moins douloureux que de n'avoir personne à qui adresser cette haine. Mais cela ne s'arrêterait pas là. Elle serait Dieu dans sa tête, pas seulement pour s'invectiver.

Elle serait Dieu pour tout. Il ne s'agissait plus de créer l'univers : c'était trop tard, le mal était déjà fait. Au fond, la création accomplie, quelle était la tâche de Dieu ? Sans doute celle d'un écrivain quand son livre est édité : aimer publiquement son texte, recevoir pour lui les compliments, les quolibets, l'indifférence. Affronter certains lecteurs qui dénoncent les défauts de l'œuvre alors que, même s'ils avaient raison, on serait impuissant à la changer. L'aimer jusqu'au bout. Cet amour était la seule aide concrète que l'on pourrait lui apporter.

Raison de plus pour se taire. Pannonique pensait à ces romanciers qui discourent interminablement sur leur bouquin : à quoi cela mène-t-il ? N'auraient-ils pas mieux servi leur livre s'ils y avaient injecté, au moment de le créer, tout l'amour nécessaire ? Et s'ils ont défailli à ce soutien en temps opportun, ne seraient-ils pas plus utiles à leur texte en l'aimant quand même, de cet amour véritable qui ne s'exprime pas par la logorrhée mais par un silence ponctué de mots forts ? La création, ce n'était pas si difficile parce que c'était tellement grisant : c'était ensuite que le boulot divin se corsait.

C'était là qu'interviendrait Pannonique. Elle ne serait pas le Christ – pas question de jouer les victimes expiatoires, rôle que, précisément, l'émission leur attribuait. Elle serait Dieu, principe de grandeur et d'amour.

Concrètement, cela signifiait qu'il allait falloir aimer les autres pour de bon. Et ce ne serait pas simple, car les prisonniers étaient loin d'inspirer tous l'amour.

Aimer MDA 802, aimer EPJ 327, quoi de plus naturel ? Aimer les détenus dont on ne savait rien, ce n'était pas compliqué non plus. Aimer ceux qui étaient pénibles pour leur entourage restait possible. On peut aimer quelqu'un aussi longtemps qu'on peut le comprendre.

Mais comment Pannonique allait-elle pouvoir aimer ZHF 911 ?

ZHF 911 était une vieille. Il était singulier que les organisateurs n'aient pas encore éliminé cette femme, comme ils tuaient d'office toute personne âgée. Il était néanmoins aisé de deviner pourquoi ils la gardaient : parce qu'elle était ignoble.

C'était une fée Carabosse au visage sillonné des mille rides de la perversité. La bouche exprimait le mal tant par sa forme plissée – le pli caractéristique des lèvres mauvaises – que par les mots qui en sortaient : elle trouvait toujours en chaque personne la faille qui lui permettait de la blesser. Ses nuisances n'étaient que verbales : elle était une preuve des puissances maléfiques du langage.

Déjà, dans le train qui avait conduit les prisonniers au camp, ZHF 911 s'était fait remarquer : aux mères qui serraient contre leur sein des enfants, la vieille annonçait le sort qui attendait leur progéniture. « C'est clair, leur disait-elle. Les nazis ont exterminé les petits en premier lieu. On ne peut pas leur donner tort : ces braillards, ces merdeux, ces pisseuses, on n'a que des ennuis avec eux, et c'est d'une ingratitude ! Ne vous attachez pas à eux, ils seront tués d'entrée de jeu. Bah, chère madame, à part vous épaissir la taille, que vous ont-ils apporté, ces chiards ? »

Sidérées, les mamans n'avaient su que répondre à ce monstre. Des hommes s'étaient interposés :

— Dis donc, vieux débris, tu sais quel sort on lui réservait, au troisième âge, à Dachau ?

— C'est ce que nous verrons, avait-elle grincé.

Celle qui ne s'appelait pas encore ZHF 911 ne s'était pas trompée : les caméras des wagons avaient dû capter la nature du personnage car, à l'arrivée au camp, elle fut épargnée, contrairement aux autres vieillards. Les organisateurs avaient dû penser qu'elle minerait le moral des détenus et que ce serait divertissant. L'avait-elle prémédité ? Rien n'était moins sûr. Il s'avéra très vite que cette femme se fichait de tout.

Étudier ZHF 911, c'était étudier le mal. Sa principale caractéristique était son indifférence absolue : elle n'était ni pour les kapos, ni pour les prisonniers, ni pour elle-même. Sa propre personne ne lui inspirait pas plus d'attachement que le reste. Elle jugeait du dernier grotesque que l'on défende quelqu'un ou quelque chose. C'était sans projet sous-jacent qu'elle aimait dire des horreurs à chacun : pour le simple plaisir de faire souffrir.

L'observation scientifique de ZHF 911 révélait d'autres traits du mal : elle était inerte, n'avait d'énergie que pour parler – mais une énergie inégalable. Si elle donnait une impression d'intelligence, c'était à cause de la méchanceté de ses reparties qui semaient les larmes et le désespoir.

Il était terrible de se rendre compte que l'être le plus mauvais du paysage appartenait au camp des détenus et non pas au camp du mal. C'était logique : le diable est ce qui divise. ZHF 911 était ce qui sclérosait le camp qui, sans elle, eût peut-être été le camp du bien et qui, avec elle, n'était qu'un pitoyable groupement humain déchiré de querelles intestines.

Comment les prisonniers eussent-ils pu se croire du côté du bien alors que, chaque matin, ils espéraient la mort de l'abjecte vieille ? Quand les kapos venaient soustraire du rang les condamnés du jour, à la peur d'être choisi se mêlait le désir que ZHF 911 le fût. Elle ne l'était jamais. Après le passage en revue qui l'avait épargnée, elle avait pour son camp un regard de triomphe. Elle savait combien son élimination était convoitée.

Certaines bonnes âmes s'indignaient de la haine dont elle était l'objet : « Voyons, c'est une très vieille dame, elle n'a plus sa tête, comment pouvez-vous la détester ? Ce n'est pas sa faute. » Ces propos provoquaient des disputes qui parvenaient aux oreilles de ZHF 911 et la réjouissaient. « Sans moi, peut-être s'entendraient-ils bien », se disait-elle.

La langue de vipère déversait également son venin sur les kapos (avec toujours le sens du mot qui blesse : ainsi ne traitait-elle pas la kapo Lenka de putain, ce dont elle eût pu sourire, mais de mal-baisée, ce qui l'enrageait), sur les organisateurs – des « nazis au petit pied », des « Hitler du pauvre » – et sur les spectateurs, qu'elle qualifiait de « gros veaux ». Personne ne la supportait.

Cependant, le pire ne pouvait pas lui être reproché, puisqu'elle n'en était pas consciente : ZHF 911 hurlait à la lune. Presque chaque nuit, vers minuit, on entendait des ululements stridents s'élever du camp ; cela durait cinq minutes et puis s'arrêtait. On mit un certain temps à comprendre l'origine de ces cris. Ceux qui dormaient dans le même baraquement que la vieille finirent par la dénoncer : « Délivrez-nous de cette folle qui n'a rien d'humain. »

Les chefs se frottèrent les mains. Ils organisèrent une captation de cette nuisance nocturne : on voyait d'abord le camp endormi, on entendait soudain des hurlements horribles, la caméra semblait chercher, elle entrait dans un baraquement et on distinguait ZHF 911 assise sur sa paillasse en train de gémir. Quelques minutes plus tard, on la voyait retomber inconsciente sur sa couche.

On interrogea le phénomène. ZHF 911 eut l'air sincèrement étonné et nia.

Rien ne minait autant le moral des prisonniers que ces manifestations de démence pure. Quand retentissaient les hurlements, chaque déporté pensait rageusement : « Qu'on la tue ! Qu'elle soit enlevée du rang demain matin ! »

Pannonique crevait de haine pour cette femme et rêvait qu'elle meure. Elle avait beau essayer de se raisonner, se dire que ce n'était pas ZHF 911 qui avait créé « Concentration », elle sentait ses ongles se changer en griffes dès qu'elle la voyait. Et quand elle entendait la peste gueuler la nuit, elle brûlait de l'étrangler de ses propres mains.

« Comme il serait facile d'être Dieu s'il n'y avait pas ZHF 911 ! » Elle riait de l'absurdité d'une telle réflexion : en effet, il serait facile d'être Dieu si le mal n'existait pas – mais alors, on n'aurait aucun besoin de Dieu non plus.

À l'autre extrême, il y avait au camp une gosse qui avait été bizarrement épargnée. PFX 150 avait douze ans et ne présentait rien de particulier. Elle n'avait pas l'air en avance sur son âge, elle était un peu mignonne sans être jolie, son visage ahuri disait son innocence. C'était une enfant gentille qui parlait peu. Elle n'avait pas compris pourquoi on ne l'avait pas tuée et ne savait pas si elle l'eût préféré.

– Qu'attendent-ils pour liquider cette gamine ? disait haut et fort ZHF 911 quand elle la croisait.

PFX 150, probablement bien élevée, ne répliquait rien. Pannonique en bouillonnait de fureur.

– Pourquoi ne vous défendez-vous pas ? demanda-t-elle à l'enfant.

– Parce qu'elle ne m'adresse pas la parole.

Pannonique lui fit apprendre une phrase à dire haut et fort la prochaine fois que ZHF 911 lancerait sa tirade.

Cela ne tarda pas à se produire. PFX 150 haussa sa voix fluette pour déclamer :

– Qu'attendent-ils pour nous débarrasser de cette vieille qui gueule à la lune ?

ZHF sourit.

– Justement, répondit-elle. Moi, on sait pourquoi ils me gardent : parce que je vous pourris votre vie déjà bien horrible. Mais toi, qui es insignifiante et qui ne déranges personne, pour quel motif forcément ignoble te conservent-ils ?

Hébétée, la petite ne trouva rien à dire. Quand Pannonique vint la féliciter d'avoir parlé, PFX 150 la tança :

– Laissez-moi tranquille ! J'avais raison de me taire ! À cause de vous, je lui ai donné l'occasion de me dire des choses encore plus graves ! Et maintenant je suis malade de peur. Mêlez-vous de vos affaires !

Pannonique essaya de prendre l'enfant dans

ses bras pour la réconforter ; celle-ci se dégagea avec violence.

– Vous prenez vos grands airs, comme si vous aviez la solution à tout, mais ce n'est pas vrai, vous ne faites qu'empirer les choses, fulmina la gosse.

Pannonique en fut mortifiée. « Ça m'apprendra à m'attribuer des pouvoirs que je n'ai pas », pensa-t-elle.

Elle ne renonça pas pour autant à sa divinité intérieure, résolue à en trouver une meilleure utilisation.

Comme presque toutes les nuits, Pannonique fut réveillée par les hurlements de ZHF 911.

« Pourquoi est-ce que je la hais davantage pour ses cris que pour les saloperies dont elle nous accable ? Pourquoi suis-je incapable d'être juste ? »

Le fait est que le camp entier partageait son attitude : la folie de la vieille indisposait plus que sa méchanceté. Il est vrai que cette dernière ne manquait pas d'un comique involontaire, alors que ses cris nocturnes soulignaient seulement le sordide de leur existence présente.

Pannonique tenta d'analyser les ululements – le mot lui parut soudain mal choisi. Le chant des chouettes n'était pas sans charme. La vieille émettait plutôt un long aboiement de molosse. Il montait, culminait, descendait, s'arrêtait, reprenait.

Au bout d'environ cinq minutes, un spasme rauque (« Aaaah ! ») annonçait que c'était fini.

Pannonique eut envie de sourire : « L'artiste a terminé son spectacle et salue son public. »

Il lui sembla alors entendre quelque chose. « Oh non, elle remet ça ! » Mais, en tendant l'oreille, elle fronça les sourcils : cela n'avait rien à voir. Ce n'était pas la voix de la vieille, c'était le pépiement plaintif d'un moineau humain.

Il cessa très vite. Pourtant, ce cri infime hanta Pannonique. Il lui déchira le cœur.

Le lendemain, elle enquêta en douce. Mais personne n'avait rien entendu que les gueula-

des de la vieille. La jeune fille n'en fut pas rassu-
rée pour autant.

Tandis qu'elle peinait au déblaiement des
gravats, elle eut une crise de haine en pensant
aux spectateurs. C'était une implosion lente
qui partait de la cage thoracique et qui montait
aux dents, les changeant en crocs. « Dire qu'ils
sont là, avachis devant leur poste, à savourer
notre enfer, en feignant sûrement de s'en indi-
gner ! Il n'y en a pas un pour venir concrètement nous sauver, cela va de soi, mais je n'en
demande pas tant : il n'y en a pas un pour
éteindre son téléviseur ou pour changer de
chaîne, j'en mets ma main à couper. »

La kapo Zdena vint alors l'arroser de coups
de schlague en l'invectivant, puis alla s'occuper
ailleurs.

« Je la déteste aussi, et pourtant beaucoup
moins que le public. Je préfère celle qui me
frappe à ceux qui me regardent recevoir sa har-
gne. Elle n'est pas hypocrite, elle joue ouver-
tement un rôle infâme. Il y a une hiérarchie
dans le mal, et ce n'est pas la kapo Zdena qui
occupe la place la plus répugnante. »

Elle vit le kapo Marko qui vociférait sur

PFX 150. Son statut d'enfant lui valait moins de coups et plus de discours. On sentait que la petite ne savait sur quel pied danser. Ce qu'elle vivait lui rappelait le collège, où des adultes lui criaient dessus, et en même temps ne lui rappelait rien, mais un fond de soumission puérile étouffait encore tout esprit de révolte.

Pannonique s'approcha en douce.

— Que vous disait-il ? demanda-t-elle à la petite.

— Je faisais semblant d'écouter.

— Bravo, dit Pannonique, qui trouvait que l'enfance avait des ressources.

— Pourquoi ne me tutoyez-vous pas ? Je préférerais.

— En dehors du camp, je vous aurais tutoyée et je vous aurais demandé de me tutoyer aussi. Ici, c'est très important de nous parler avec les marques de respect que les kapos nous refusent.

— Et aux organisateurs, il faut dire *tu* ou *vous* ?

— Vous leur parlez ?

PFX 150 eut l'air embêté. Elle mit du temps avant de répondre :

— Non. Mais si un organisateur ou un kapo vient me poser une question, devrai-je dire *tu* ou *vous* ?

— Il faut voussoyer tout le monde.

La kapo Zdena vint hurler qu'elles étaient ici pour travailler, non pour causer.

Cette ébauche de conversation hanta Pannonique. En continuant son labeur, elle s'aperçut qu'elle avait en tête la ballade du *Roi des aulnes* de Schubert. Ce n'était pas la musique idéale pour cette tâche. Normalement, Pannonique programmait dans son cerveau des symphonies qui lui donnaient l'énergie indispensable à un travail aussi physique — Saint-Saëns, Dvorak — mais là, le lied déchirant lui collait au crâne et minait ses forces.

Pannonique questionna les prisonniers qui dormaient dans le même baraquement que la petite. Elle n'obtint aucune réponse significative. La plupart étaient tellement épuisés et avaient le sommeil si lourd qu'ils n'entendaient pas les cris nocturnes de la vieille.

– Elle est pourtant logée plus près de chez vous que de chez nous, dit Pannonique.

– Je suis si crevé que rien ne pourrait me réveiller, lui rétorquait-on.

– PFX 150 est une bonne gosse, lui dit-on encore. Elle est sage, on ne l'entend pas.

Le soir, Pannonique essaya de nouveau de parler à l'enfant. Ce n'était pas facile. Elle était aussi inattrapable qu'un morceau de savon et se réfugiait dans l'insignifiance. Pannonique biaisa :

– Qu'aimiez-vous, dans votre vie d'avant ?

– J'aimais les oiseaux. C'est beau, c'est libre, ça vole. Je passais mon temps à les regarder. Tout mon argent de poche était consacré à acheter au marché des tourterelles que je libérais. J'adorais ça : je prenais dans mes deux mains ce corps chaud qui palpitait, je le lâchais vers le ciel et il devenait le maître des airs. J'essayais d'accompagner ce vol par la pensée.

– Y a-t-il des oiseaux dans le camp ?

– Vous n'avez pas remarqué ? Il n'y en a pas. Ils ne sont pas fous, les oiseaux. Ça sent trop mauvais, ici.

– C'est un peu vous, l'oiseau du camp, dit Pannonique avec affection.

PFX 150 se mit aussitôt dans une colère noire.

– Laissez-moi tranquille avec ça !

– J'ai dit quelque chose de grave ?

– Petit oiseau par-ci, petit oiseau par-là, ne m'appelez pas ainsi !

– D'autres gens du camp vous appellent petit oiseau ?

L'enfant s'arrêta de parler. Ses lèvres tremblaient. Elle enfonça son visage dans ses mains. Pannonique ne put plus en tirer un son.

La nuit suivante, elle essaya de veiller. Mais un sommeil de béton lui coula dessus et elle n'entendit rien. Elle s'en voulut : « Dieu ne dormirait pas comme une souche s'il avait quelqu'un à protéger. »

La nuit d'après, elle avait tant programmé son cerveau qu'elle ne ferma pas l'œil. Elle n'entendit rien, pas même la vieille, qui pour des raisons incompréhensibles, s'abstint de hurler à la lune.

Cette nuit blanche la remplit d'une lassitude haineuse : « Dieu n'éprouverait pas ce genre de sentiment. » Elle ne renonça pas pour autant à la divinité : « Ce n'est pas dans mes cordes et je n'y ai aucun plaisir : seulement, c'est trop nécessaire. »

ZHF 911 se rattrapa la nuit suivante, criant encore plus fort que d'habitude et réveillant Pannonique qui se leva comme une somnambule et sortit sur la pointe des pieds. Elle courut jusqu'au baraquement de PFX 150 et se cacha. Un homme très grand, mince et puissant, ouvrit en tenant dans ses bras un petit corps qu'il bâillonnait d'une main. Il passa dans le faisceau de la lampe du mirador et Pannonique vit qu'il était très vieux et vêtu d'un costume élégant. Il s'en alla avec son butin.

Elle resta tapie dans la boue, le cœur au bord de la rupture. Cela lui sembla durer un temps infini. Quand il revint, il n'avait plus besoin de bâillonner l'enfant : la petite, inerte, gisait contre lui.

Il entra dans le baraquement et ressortit seul. Pannonique le suivit. Elle le vit entrer dans les logements de ceux qu'on appelait les officiers : les organisateurs en chef. La porte en fut fermée à double tour.

De retour sur sa paillasse, Pannonique en pleura de dégoût.

Le lendemain, elle scruta le visage de PFX 150 : il n'affichait absolument rien.
– Qui est le vieil homme de la nuit ?
La petite ne répondit pas.
La jeune fille la secoua avec rage :
– Pourquoi le protégez-vous ?
– C'est moi que je protège.
– Je vous ai menacée ?
Le kapo Marko vint engueuler Pannonique :
– Tu as fini de secouer cette pauvre gosse ?
En déblayant les gravats, elle se demandait, au comble de la colère, s'il était possible que les prisonniers qui dormaient dans le baraquement de la petite n'aient rien vu ni entendu. « Je suis sûre qu'ils mentent. Ils crèvent de peur, les salauds. Moi, je vais intervenir. »
Elle attendit que la kapo Zdena s'approche et lui dit qu'elle sollicitait une entrevue avec un organisateur. Zdena la regarda avec autant de stupéfaction que si elle lui avait demandé

une dinde rôtie. Mais rien ne semblait avoir été prévu pour un cas pareil : la kapo s'en fut.

Il faut croire qu'elle transmit le message en haut lieu puisqu'il y eut une réponse : c'était hors de question. Pannonique fit demander alors si elle avait un recours. « Où vous croyez-vous ? » lui fut-il répondu.

La jeune fille passa la journée à chercher une tribune pour révéler le scandale. Le soir venu, elle n'en avait toujours pas trouvé. Au réfectoire, elle était au bord de craquer : « Et si je me levais, et si je les prenais tous à témoin, et si je criais ce que je sais ? Ça ne servirait à rien. Dans le meilleur des cas, il y aurait une mutinerie, qui n'aboutirait qu'à un bain de sang. Dans le pire des cas, les prisonniers resteraient sans réaction, avachis devant leur pitance, et je ne veux pas risquer d'être à ce point dégoûtée d'eux. Il vaut mieux que j'intervienne directement. »

La nuit suivante fut l'une de celles où la vieille ne hurla pas à la lune. Pannonique ne se réveilla donc pas et ne put protéger PFX 150.

Le lendemain matin, elle enragea : « Dire que sans les beuglements de cette sorcière, je dors sans me soucier de rien ! »

La nuit d'après, elle fut tirée de son sommeil par les cris de ZHF 911. Mais quand elle arriva au baraquement de la gamine, l'homme était déjà loin. Elle se lança à sa poursuite et, sans réfléchir, se jeta devant lui.

Il se figea et la regarda en silence.

– Lâchez l'enfant ! ordonna-t-elle.

Dans ses bras, PFX 150 adressait à Pannonique d'étranges signes en secouant la tête.

– Lâchez-la ! répéta-t-elle.

Il restait debout, immobile.

Pannonique lui sauta à la gorge.

– Tu vas la lâcher, oui ?

D'un seul geste, il repoussa l'attaquante et la lança comme un projectile puis il se dirigea vers les logements des officiers. La jeune fille lui attrapa les jambes et le fit chuter. La petite roula dans la boue. Pannonique lui dit de fuir mais sa cheville était dans la main de l'agresseur qui se releva et partit en la traînant derrière lui.

La jeune fille le poursuivit en l'invectivant :

– Ordure ! C'est facile pour toi, c'est une

prisonnière. C'est une gosse, elle n'a aucune possibilité de se défendre. Mais je te préviens, tout le monde le saura. Je le dirai aux kapos qui le diront aux organisateurs, je le dirai aux spectateurs, je vais te pourrir la vie !

L'homme la regarda avec hilarité, jeta l'enfant à l'intérieur puis referma la porte.

Pannonique entendit un bruit de clef puis plus rien. Ce silence était plus inquiétant qu'un gémissement.

« Je ne connais même pas la voix de ce type. Il n'a rien dit », pensa-t-elle.

Elle resta prostrée dans la boue à attendre. En vain. La gamine ne ressortit pas.

À la revue matinale, Pannonique vit le kapo Marko ramener la fillette. Elle sourit à la petite qui avait une mine de déterrée.

Puis le kapo Jan vint sélectionner les condamnés du jour : normalement, il passait en revue l'effectif et jugeait qui méritait de mourir ; cette fois, sans hésitation, il sortit du rang ZHF 911 et PFX 150.

Un frémissement parcourut l'assemblée. On

avait beau avoir l'habitude du mal, la condamnation d'un enfant, c'était quelque chose. On ne parvint même pas à se réjouir d'être enfin débarrassé de la vieille.

On entendit pour la dernière fois la voix de ZHF 911, qui résonnait toujours à mi-chemin entre le grincement et le ricanement.

– Les extrêmes s'attirent, on dirait.

Il lui était égal de mourir.

PFX 150, elle, resta abasourdie de silence. On dut la pousser pour la faire marcher.

Jamais Pannonique ne souffrit autant qu'en voyant la fillette partir vers la mort.

Il était clair que le kapo Jan avait reçu des ordres. « Si je n'étais pas intervenue, il n'aurait pas été si urgent de se débarrasser de la victime », pensait-elle avec horreur.

Ce fut un jour atroce : le fantôme de l'enfant peuplait tous les regards.

Pannonique ne s'autorisa pas à verser dans le paroxysme de dégoût dont elle était capable : « J'ai commis une erreur monumentale, c'est vrai, mais je ne suis pas l'origine du mal. Donc voilà, je renonce à être Dieu, pour cet unique motif que c'était une idée nocive. »

À cet instant, elle vit la frêle MDA 802 chanceler sous sa lourde charge de gravats. Elle accourut pour aider son amie à porter ce poids. Le kapo Marko remarqua ce manège et vint repousser Pannonique en gueulant :

— Et alors, tu te prends pour Simon de Cyrène ?

La jeune fille en frémit de la tête aux pieds. Cela eût pu la laisser rêveuse que certains kapos n'aient pas même l'excuse d'être de sombres brutes sans culture ; ce qui la frappa, c'était que, sans le savoir, le kapo avait prononcé les paroles dont elle avait besoin.

Simon de Cyrène : pourquoi n'y avait-elle pas pensé plus tôt ? C'était le plus beau personnage de la Bible, parce qu'il n'était pas nécessaire de croire en Dieu pour le trouver miraculeux. Un être humain qui en aide un autre, pour ce seul motif que sa charge est trop pesante sur ses épaules.

« Je n'aurai désormais pas de plus grand idéal », se jura Pannonique.

Troisième partie

ZDENA recommença à glisser du chocolat dans la poche de CKZ 114.

Elle ne lui donnait presque plus de coups de schlague. Il est beaucoup plus difficile de battre un individu dont on connaît le nom.

Pannonique avait encore embelli depuis qu'elle s'était nommée. Son éclat avait accru son éclat. Et puis, on est toujours plus beau quand on est désigné par un terme, quand on a un mot rien que pour soi. Le langage est moins pratique qu'esthétique. Si, voulant parler d'une rose, on ne disposait d'aucun vocable, si l'on devait à chaque fois dire « la chose qui se déploie au printemps et qui sent bon », la chose en question serait beaucoup moins belle. Et quand le mot est un mot luxueux, à savoir un nom, sa mission est de révéler la beauté.

Dans le cas de Pannonique, si son matricule se contentait de la désigner, son nom la portait autant qu'elle le portait. Si l'on faisait résonner ces trois syllabes le long du tube du Cratyle, on obtenait une musique qui était son visage.

Qui dit mission dit parfois erreur. Il y a des gens que leur nom ne désigne pas. On rencontre une fille qui a une tête à s'appeler Aurore : on découvre que, depuis vingt ans, ses parents et ses proches l'appellent Bernadette. Pourtant, une telle bavure ne contredit pas cette vérité inflexible : il est toujours plus beau de porter un nom. Habiter des syllabes qui forment un tout est l'une des immenses affaires de la vie.

Les kapos s'énervèrent de ce qu'ils prirent pour un attendrissement.

– Dis donc, kapo Zdena, tu ne la cognes presque plus depuis que tu sais comment elle s'appelle !

– Qui ça ?

– Te fiche pas de notre gueule, par-dessus le marché !

— Elle ? Si je la frappe moins c'est qu'elle obéit mieux, ces derniers temps.

— N'importe quoi. La discipline n'est jamais entrée en ligne de compte. Si tu la bats moins, on va s'y remettre, nous.

— Non, les gars, j'avais obtenu votre accord !

— Tu nous avais promis que tu nous raconterais quelque chose, en échange.

— Je n'ai rien à vous raconter.

— Tu n'as qu'à trouver. Sinon, on ne répond plus de rien.

Zdena s'acharna derechef à simuler des violences sur le dos de CKZ 114. Mais elle ne parvenait plus à l'invectiver.

Pannonique se disait qu'au début, la kapo lui donnait de vrais coups et un ersatz de nom, et qu'à présent elle la frappait avec un ersatz et ne gueulait plus un nom devenu impossible à hurler pour cause de vérité.

Pour échapper à des pensées qui ne débouchaient finalement sur rien, CKZ 114 décida de se tourner vers EPJ 327. Se sentir aimée par quelqu'un de bien lui était un puissant réconfort.

Il recherchait toujours sa présence. Dès qu'il en avait l'occasion, il lui parlait. Il comprenait qu'elle aimait l'amour dont il l'enveloppait. Il lui en savait gré : c'était devenu sa raison de vivre.

— J'ai davantage envie de vivre depuis que je vous connais, donc, singulièrement, depuis que je suis prisonnier.

— Peut-être ne diriez-vous pas cela si vous me connaissiez vraiment.

— Pourquoi supposez-vous que je ne vous connais pas vraiment ?

— Pour me connaître vraiment, vous auriez dû me rencontrer dans des circonstances normales. J'étais très différente, avant la rafle.

— En quoi étiez-vous différente ?

— J'étais libre.

— Je pourrais vous dire que cela tombe sous le sens. Je préfère vous dire que vous l'êtes toujours.

— Aujourd'hui, je m'efforce d'être libre. Ce n'est pas pareil.

— Admettons.

– J'étais futile, aussi, parfois.

– Nous l'étions tous. Nous avions raison. Profiter des futilités de la vie, c'est un joli talent. Cela ne me dit toujours pas en quoi vous étiez si différente, avant « Concentration ».

— Ma foi, je ne trouve pas les mots. Vous pouvez me croire, pourtant.

– Je vous crois. Mais la personne que je côtoie ici est une vraie personne, même si les circonstances sont inadmissibles. Je peux donc considérer que je vous connais vraiment, peut-être mieux que si je vous avais rencontrée en temps de paix. Ce que nous vivons est une guerre. La guerre révèle la nature profonde des êtres.

– Je n'aime pas cette idée. Cela suggérerait que nous avons besoin d'épreuves. Je pense que la guerre révèle seulement l'une de nos natures profondes. J'aurais préféré vous montrer ma nature profonde de paix.

– Si par miracle nous survivons à ce cauchemar, me montrerez-vous votre nature profonde de paix ?

– Si j'en suis encore capable, oui.

Zdena observait ce rapprochement. Elle n'aimait pas ça. Ce qui l'énervait le plus était de penser que lui, qui n'était rien, qu'elle pouvait battre à volonté, envoyer à la mort si cela lui chantait, avait le pouvoir le plus grand : celui de plaire – elle ne savait à quel degré – à celle qui l'obsédait.

Zdena fut tentée de traîner EPJ 327 dans la file des condamnés : pourquoi ne pas tout simplement éliminer son rival ? Ce qui l'en dissuada fut de comprendre qu'il n'était pas son rival : elle n'était pas en lice avec lui. Sans doute serait-il plus intelligent d'étudier les méthodes de cet homme. Hélas, elle avait remarqué qu'il était de ceux qui séduisent par la parole.

Et là, Zdena se sentait en position d'infériorité. La seule fois de sa vie où elle s'était crue éloquente, c'était devant les caméras de « Concentration », quand il s'était agi de se présenter au public : elle avait vu le résultat.

Comme n'importe quelle ratée, elle méprisait ceux qui excellaient là où elle avait échoué. « Les beaux parleurs » – elle ne les désignait pas autrement –, quelle engeance ! Comment Pannonique pouvait-elle être attirée par leur blabla, leurs ronronnements ? Qu'une conversation pût avoir un contenu ne l'effleurait pas. Des gens qui causaient, elle en avait connu dans sa jeunesse, elle avait écouté la vacuité de leurs monologues alternés – on ne la lui ferait pas, à elle. D'ailleurs, Pannonique l'avait subjuguée sans même ouvrir la bouche.

Sa mauvaise foi ne parvenait pas à lui cacher complètement le choc qu'elle avait éprouvé en découvrant la voix de la jeune fille et l'impact de ses mots.

« C'est différent, se disait la kapo. Elle ne causait pas. Ce qui est beau, c'est quand quelqu'un parle pour dire quelque chose. »

Et soudain, elle eut ce soupçon : EPJ 327 parlait à Pannonique pour lui dire quelque chose. C'est pourquoi elle était conquise. Le salaud, il avait donc des choses à dire !

Elle fouilla en elle à la recherche de « choses à dire ». À la lumière des paroles chocs de Pannonique, elle avait compris la règle : une « chose à dire » était une parole où rien n'était superflu et où il était échangé des informations si essentielles que l'autre en était marqué pour toujours.

Zdena, consternée, ne trouvait rien en elle qui corresponde à ce signalement.

« Je suis vide », pensa-t-elle.

Pannonique et EPJ 327 n'étaient pas des êtres vides, cela se devinait. La kapo souffrit abominablement de découvrir cette différence, ce gouffre qui la séparait d'eux. Elle se consola en songeant que les autres kapos, les organisateurs, les spectateurs et de nombreux prisonniers étaient vides, eux aussi. C'était étonnant : il y avait beaucoup plus de gens vides que de gens pleins. Pourquoi ?

Elle l'ignorait, mais la question qui l'étreignait était de trouver comment cesser d'être vide.

LES prisonniers étaient les seuls êtres humains à ne jamais avoir vu ne fût-ce qu'une seconde de « Concentration ». C'était leur unique privilège.

— Je me demande quelles séquences intéressent le plus le public, dit MDA 802 pendant le dîner.

— Je suis sûr que ce sont les passages de mise à mort, dit un homme.

— C'est à craindre, enchaîna Pannonique.

— Les violences aussi, dit une femme. La schlague, les hurlements, ça doit les défouler.

— Certainement, dit MDA 802. Et les séquences « émotion » : là, ils doivent se pourlécher.

— Selon vous, demanda EPJ 327, qui sont les plus coupables ?

— Les kapos, répondit l'homme.

– Non : les organisateurs, intervint quelqu'un qui ne parlait jamais.

– Les hommes politiques qui n'interdisent pas une telle monstruosité, dit MDA 802.

– Et vous, Pannonique, qu'en pensez-vous ? interrogea EPJ 327.

Il y eut un silence, comme chaque fois que l'attention se dirigeait vers la jeune fille.

– Je pense que les plus coupables sont les spectateurs, répondit-elle.

– N'êtes-vous pas un peu injuste ? demanda l'homme. Les gens rentrent de leur journée de travail, ils sont épuisés, mornes, vidés.

– Il y a d'autres chaînes, dit Pannonique.

– Vous savez bien que le programme télévisé est souvent l'unique conversation des gens. C'est pour ça que tout le monde regarde les mêmes choses : pour ne pas être largué et avoir quelque chose à partager.

– Eh bien, qu'ils regardent tous autre chose, dit la jeune fille.

– C'est ce qu'il faudrait, bien sûr.

– Vous en parlez comme d'un idéal utopique, reprit Pannonique. Il ne s'agit que de changer de chaîne de télévision, ce n'est quand même pas très difficile.

— Je ne suis pas d'accord, déclara MDA 802. Le public a tort, c'est sûr. De là à dire que c'est lui le plus coupable ! Sa nullité est passive. Les organisateurs et les politiques sont mille fois plus criminels.

— Leur scélératesse est autorisée et donc créée par les spectateurs, dit Pannonique. Les politiques sont l'émanation du public. Quant aux organisateurs, ce sont des requins qui se contentent de se glisser là où il y a des failles, c'est-à-dire là où il existe un marché qui leur rapporte. Les spectateurs sont coupables de former un marché qui leur rapporte.

— Ne pensez-vous pas que ce sont les organisateurs qui créent le marché, comme un publicitaire crée un besoin ?

— Non. L'ultime responsabilité revient à celui qui accepte de voir un spectacle aussi facile à refuser.

— Et les enfants ? dit la femme. Ils rentrent de l'école avant les parents, qui n'ont pas forcément les moyens de leur payer une garde.

On ne peut pas contrôler ce qu'ils regardent à la télévision.

— Voyez comment vous êtes, déclara Pannonique, à trouver mille dérogations, mille indulgences, mille excuses et mille circonstances atténuantes là où il faut être simple et ferme. Pendant la dernière guerre, ceux qui avaient choisi la résistance savaient que ce serait difficile, voire impossible. Et pourtant ils n'ont pas hésité, ils ne se sont pas perdus en tergiversations : ils ont résisté pour cette unique raison qu'il n'y avait pas moyen de faire autrement. Soit dit en passant, leurs enfants les ont imités. Il ne faut pas prendre les enfants pour des idiots. Un gosse éduqué fermement n'est pas le crétin qu'on tente de nous imposer.

— Vous avez un projet de société, Pannonique ? ironisa l'homme.

— Même pas. Je suis du côté de l'orgueil et de l'estime, là où eux n'en ont que pour le mépris. C'est tout.

— Et vous, EPJ 327, qui ne dites rien, qu'en pensez-vous ?

— Je constate avec effroi qu'il y a ici une seule personne dont on peut être sûr qu'elle n'aurait

jamais regardé « Concentration », et c'est Pannonique. J'en conclus que c'est forcément elle
qui a raison, répondit-il.

Il y eut une gêne.

— Vous non plus vous n'auriez jamais regardé
« Concentration », dit Pannonique à EPJ 327,
en aparté.

— Je n'ai pas la télévision.

— C'est une raison excellente. Vous ne vous
en êtes pas vanté. Pourquoi ?

— C'est vous le porte-drapeau. Moi j'ai un
peu trop l'air de ce que je suis : un professeur.

— Il n'y a pas à en rougir.

— Non. Mais pour galvaniser les gens, l'idéal
c'est vous. Vous parliez de résistance. Savez-
vous que vous pourriez créer une structure de
résistance à l'intérieur du camp ?

— Vous croyez ?

— J'en suis certain. Je ne vous dirai pas comment, je n'en sais rien. Et puis, le génie tactique
c'est vous. Le coup de théâtre par lequel vous
avez sauvé la vie de MDA 802, je ne l'aurais
jamais trouvé.

– Je n'ai rien d'un génie.

– Là n'est pas la question. Je compte sur vous.

Le sauvetage de MDA 802 n'avait pas été prémédité, pensait-elle : les stratégies lui venaient dans l'instant, inspirées par la tension du moment. Le reste du temps, ses pensées ne différaient guère de celles des autres prisonniers : confusion, peur, faim, fatigue, dégoût. Elle s'appliquait à évacuer toutes ces ruminations et à les remplacer par de la musique, le quatrième mouvement de la *Symphonie pour orgue* de Saint-Saëns pour se donner du cœur au ventre, l'andante de la *Dixième Symphonie* de Schubert pour se donner du cœur à la tête.

Le lendemain, à l'inspection matinale, Pannonique eut soudain la conviction d'être filmée : la caméra était braquée sur elle et ne la lâchait pas, elle le sentait, elle en était sûre.

Une partie de son cerveau lui dit que c'était du narcissisme enfantin : quand elle était petite, elle avait souvent cette impression qu'un œil – Dieu ? la conscience ? – la suivait. Grandir, c'était, entre autres, cesser de croire une chose pareille.

La partie héroïque de son être lui ordonna pourtant d'y croire, au contraire, et d'en profiter très vite. Sans plus attendre, la jeune fille dirigea son visage vers la caméra supposée et clama haut et fort :

– Spectateurs, éteignez vos télévisions ! Les pires coupables, c'est vous ! Si vous n'accordiez pas une si large audience à cette émission monstrueuse, elle n'existerait plus depuis longtemps ! Les vrais kapos, c'est vous ! Et quand vous nous regardez mourir, les meurtriers, ce sont vos yeux ! Vous êtes notre prison, vous êtes notre supplice !

Puis elle se tut et maintint ses pupilles incendiées.

Le kapo Jan l'avait maintenant rejointe et la giflait comme pour la décapiter.

Le kapo Zdena, furieuse qu'on empiète sur ses plates-bandes, vint l'arrêter et lui murmura à l'oreille :

– Ça suffit. Les organisateurs sont dans le coup.

Le kapo Jan la regarda avec stupéfaction.

– Ils ne savent plus quoi inventer, ceux-là, dit-il en s'en allant.

Zdena remit la jeune fille dans le rang et lui chuchota, les yeux dans les yeux :

– Bravo. Je pense comme toi.

La journée se poursuivit sans heurt.

Pannonique était galvanisée et ahurie de l'absence de sanction qui avait résulté de son coup d'éclat. Elle se disait qu'elle ne perdait peut-être rien pour attendre. L'effet de surprise qui avait joué ne la préserverait pas éternellement.

Les prisonniers avaient pour elle les regards atterrés et admiratifs que l'on réserve aux fous géniaux qui se condamnent à mort par leur comportement démentiel. Elle lisait dans leurs yeux cette sentence et se sentait encore plus confirmée dans ses choix. Et Zdena approuvant son invective au public, c'était l'hôpital qui se moquait de la charité.

Le soir, au dîner, l'unité de Pannonique s'étonna qu'elle fût toujours vivante.

– Peut-on savoir ce qui vous a pris ? demanda MDA 802.

– Je me suis souvenue de cette phrase d'un héros algérien, dit Pannonique : « Si tu parles, tu meurs ; si tu ne parles pas, tu meurs. Alors parle et meurs. »

– Tâchez quand même de vous préserver, dit EPJ 327. Nous avons besoin de vous vivante.

– Vous me désapprouvez ? demanda la jeune fille.

– Je vous approuve et je vous admire. Cela ne m'empêche pas d'avoir peur pour vous.

– Constatez que je ne me suis jamais mieux portée. Et cela n'a pas dissuadé la kapo Zdena de me glisser en poche le chocolat quotidien, dit-elle en distribuant les carrés.

– Sans doute n'a-t-elle pas encore reçu d'instructions à votre sujet.

– Savez-vous qu'elle ne les a pas attendues pour me féliciter ?

Et Pannonique de rapporter le « Bravo, je pense comme toi » de la kapo, ce qui provoqua l'hilarité.

111

— La kapo Zdena pense !

— Et elle pense comme notre figure de proue !

— Elle est des nôtres !

— Nous nous en étions toujours doutés, à sa manière de nous gueuler dessus et de nous cogner.

— C'est une âme sensible.

— Cela dit, remarqua Pannonique, nous lui devons une fière chandelle : sans son chocolat, nombre d'entre nous seraient déjà morts de faim.

— Nous connaissons le motif de sa générosité..., grinça EPJ 327.

Pannonique se sentit mal à l'aise, comme à chaque fois qu'EPJ 327 se permettait un commentaire sur la passion dont Zdena l'entourait. Lui, qui était la noblesse même, perdait la moindre trace de grandeur d'âme quand il était question de Zdena.

Cette nuit-là, Pannonique, encore sous l'impact de son action d'éclat, dormait d'un sommeil agité qui s'interrompait sans cesse.

Elle sursautait au moindre bruit et se calmait comme elle pouvait, étreignant son maigre corps avec fermeté.

Soudain elle s'éveilla et vit auprès d'elle Zdena qui la mangeait des yeux. Celle-ci eut le réflexe de la bâillonner de sa main pour étouffer son cri. Elle lui fit signe de la suivre sur la pointe des pieds.

Lorsqu'elles furent hors du baraquement, dans l'air vif, Pannonique chuchota :

— Vous venez souvent me regarder comme ça, quand je dors ?

— C'est la première fois. Je te jure que c'est vrai. Je n'ai pas de raison de te mentir, je suis en position de force.

— Comme si les forts ne mentaient pas !

— Je mens beaucoup. À toi, je ne mens pas.

— Qu'est-ce que vous voulez ?

— Te dire quelque chose.

— Et que voulez-vous me dire ?

— Que je suis d'accord avec toi. Les spectateurs sont des salauds.

— Vous me l'avez déjà dit. C'est pour ça que vous venez me déranger ?

113

Pannonique s'étonnait de l'insolence de son propre ton. C'était plus fort qu'elle.

— Je voulais te parler. Nous n'en avons jamais l'occasion.

— Peut-être parce que nous n'avons rien à nous dire.

— Moi, j'ai des choses à te dire. Tu m'as ouvert les yeux.

— Sur quoi ? demanda Pannonique avec ironie.

— Sur toi.

— Je n'ai pas envie d'être un sujet de conversation, dit la jeune fille en s'éloignant.

La kapo la rattrapa d'un bras autrement musclé que le sien.

— Toi, c'est beaucoup plus que toi. Ne crains rien. Je ne te veux aucun mal.

— Il faut choisir son camp, kapo Zdena. Si vous n'êtes pas dans le mien, vous me voulez du mal.

— Ne m'appelle pas kapo Zdena. Appelle-moi Zdena tout court.

— Aussi longtemps que vous serez qui vous êtes, je vous nommerai kapo Zdena.

– Je ne peux pas changer de camp. Je suis payée pour être kapo.

– Argument atroce.

– J'ai peut-être eu tort d'accepter de devenir kapo. Mais maintenant que je le suis, c'est trop tard.

– Il n'est jamais trop tard pour cesser d'être un monstre.

– Si je suis un monstre, je ne cesserai pas de l'être en changeant de camp.

– Ce qui est monstrueux en vous, c'est la kapo, ce n'est pas Zdena. Cessez d'être kapo, vous ne serez plus monstrueuse.

– Concrètement, ce que tu proposes est impossible. Il y a une clause dans le contrat des kapos : si nous démissionnons avant la fin de notre année de travail, nous devenons immédiatement prisonniers.

Pannonique pensa qu'elle mentait peut-être. Tant pis, elle n'avait pas le moyen de vérifier ses dires.

– Comment avez-vous pu signer un contrat pareil ?

– C'était la première fois qu'on voulait de moi.

— Ça vous a suffi ?

— Oui.

« Une pauvre fille dans tous les sens du terme », songea Pannonique.

— Je continuerai à t'apporter du chocolat. Tiens, je t'ai gardé le pain de mon repas.

Elle lui tendit un petit pain rond et doré, autre chose que l'horrible miche rassise des repas des détenus. La jeune fille regarda l'aliment en salivant. La faim l'emporta sur la peur : elle l'attrapa et le dévora à belles dents. La kapo la contemplait avec satisfaction.

— Que veux-tu, maintenant ?

— La liberté.

— Ça ne se glisse pas dans la poche de quelqu'un, ça.

— Croyez-vous qu'il soit envisageable de s'évader ?

— Impossible. Le système de sécurité est inattaquable.

— Même si vous nous aidez ?

— Comment ça, nous ? C'est toi que je veux aider.

— Kapo Zdena, si vous n'aidez que moi, vous ne cesserez pas d'être un monstre.

– Ne m'embête pas avec ta morale.

– C'est utile, la morale. Ça empêche de créer des émissions comme « Concentration ».

– Tu vois bien que ça ne marche pas, alors.

– Ça pourrait marcher. Cette émission pourrait s'arrêter.

– Tu rêves ! C'est le plus grand succès de l'histoire de la télévision.

– C'est vrai ?

– Chaque matin nous regardons les taux d'audience de la veille, c'est à tomber par terre.

Pannonique se tut de désespoir.

– Tu as raison : les spectateurs sont des ordures.

– Ça ne vous excuse pas, kapo Zdena.

– Je suis moins monstrueuse qu'eux.

– Prouvez-le.

– Je ne regarde pas « Concentration ».

– Vous avez de l'humour, grinça Pannonique, écœurée.

– Si je te libérais au péril de ma vie, ce serait une preuve ?

– Si vous ne libériez que moi, ce n'est pas sûr.

– Ce que tu me demandes est impossible.

— Si vous agissez au péril de votre vie, tâchez au moins de sauver tout le monde.

— Ce n'est pas le problème. Les autres ne m'intéressent pas, voilà.

— Est-ce une raison pour ne pas les libérer ?

— Bien sûr que oui. Parce que toi, si je te libérais, ce ne serait pas pour rien.

— Comment cela ?

— Il y aurait un prix, quand même. Je ne vais pas risquer ma vie en échange de rien.

— Je ne comprends pas, dit Pannonique en se raidissant à vue d'œil.

— Si, tu comprends. Tu comprends très bien, dit Zdena en cherchant ses yeux.

Pannonique mit sa main devant sa bouche comme pour s'empêcher de vomir.

Cette fois la kapo ne chercha pas à la retenir.

SUR sa paillasse, Pannonique pleurait de dégoût.

Dégoût pour l'humanité qui assurait un succès aussi scandaleux à une émission pareille.

Dégoût pour l'humanité qui comptait une Zdena. Et dire qu'elle avait vu en elle une paumée, une victime du système ! Elle était encore pire que le système qui lui avait donné naissance.

Dégoût pour elle-même, enfin, qui éveillait de tels désirs chez un être vulgaire.

Pannonique n'avait pas l'habitude d'un tel dégoût. Cette nuit-là, elle souffrit comme une bête.

La kapo Zdena rejoignit son lit avec des impressions qu'elle ne parvenait ni à identifier ni à départager.

Il lui semblait qu'elle était plutôt contente. Elle ne savait pas pourquoi. Peut-être parce qu'elle avait eu une longue conversation avec celle qui l'obsédait. Qui s'était plutôt mal terminée, mais c'était prévisible, et puis, ça changerait.

N'était-il pas normal qu'elle pose une condition à sa libération ?

Au fond d'elle, il y avait un désespoir qui n'osait pas dire son nom. Au fil des heures de la nuit, il remonta à la surface.

La tristesse, peu à peu, laissa place à la rancœur : « C'est moi qui pose mes conditions, et tant pis si ça ne plaît pas à mademoiselle. Le pouvoir est aux forts, un prix est un prix. Si tu veux la liberté, tu te soumettras. »

Ce ressentiment ne tarda pas à culminer dans une sorte de transe jouissive : « Si je te dégoûte, c'est encore mieux ! Ça me plaît de te déplaire, et le prix à payer ne m'en plaira que plus ! »

Le lendemain, EPJ 327 vit que Pannonique avait des cernes sous les yeux. Il ne s'aperçut pas que la kapo en avait aussi. Il remarqua par ailleurs que celle-ci se montrait plus distante envers Pannonique et en conçut un certain soulagement.

Mais pourquoi l'égérie des prisonniers avait-elle l'air si accablé, si désespéré ? Cela ne lui ressemblait pas. Jusqu'ici, même aux jours les plus durs, elle conservait intacte la force de ses yeux. Aujourd'hui, elle était éteinte.

Il n'eut aucune possibilité de lui parler avant le soir.

À l'extérieur, les médias étaient en pleines convulsions. La plupart des journaux réservèrent leur une à l'éclat provoqué par Pannonique : grande photo d'elle s'adressant au public. Certains reprirent pour tout commentaire sa phrase initiale en caractères géants : « SPECTATEURS, ÉTEIGNEZ VOS TÉLÉVISIONS ! » D'autres, la deuxième : « LES PIRES COUPABLES, C'EST VOUS ! » Il y en eut pour titrer sur son propos le plus violent : « LES MEURTRIERS, CE SONT VOS YEUX ! »

Ensuite, sa déclaration était reprise intégralement. Il y eut des éditorialistes qui osèrent commencer leur article par : « Je vous l'avais bien dit... » Des magazines affirmèrent que c'était un coup monté, que la jeune fille avait été payée pour dire cela, etc. Les lecteurs écrivirent pour demander si on payait également les prisonniers pour être tués.

À l'exception de ces piètres interventions, c'était l'unanimité : tous les médias donnaient raison en long et en large à Pannonique et la glorifiaient. « Une héroïne, une vraie ! » s'extasiaient les gens.

Au dîner, Pannonique déclara, confuse, à son unité, qu'elle n'avait pas reçu de chocolat ce jour-là.

— Évidemment, dit MDA 802. Ce sont les représailles pour vos invectives d'hier.

— Vous voyez, reprit EPJ 327 : hier la kapo Zdena vous a félicitée pour vos propos, mais elle est la première à vous en punir. Nous saurons désormais à quoi nous en tenir sur sa sincérité.

— Mais... à cause de moi, vous n'avez pas de chocolat ce soir ! balbutia la jeune fille.

— Vous plaisantez, s'insurgea MDA 802. La vérité, c'est que, pendant des semaines, nous avons eu du chocolat grâce à vous.

— Exactement, commenta un homme.

— Sans mon éclat d'hier, j'aurais pu vous distribuer du chocolat aujourd'hui aussi.

— Vu votre héroïsme, nous sommes heureux d'être privés de chocolat ce soir, clama une femme.

— D'ailleurs, ce chocolat n'était pas formidable. Ce n'était pas ma marque préférée, dit MDA 802.

La tablée eut un rire énorme.

— Merci, mes amis, murmura Pannonique, honteuse soudain en songeant au pain frais qu'elle avait dévoré la veille sans une pensée pour ses camarades.

Ses remords furent tels qu'elle donna aussitôt sa tranche de pain rassis à partager aux siens, qui se jetèrent dessus sans poser de question.

Le surlendemain, les organisateurs s'émerveillaient encore des taux d'audience :

— C'est extraordinaire : jamais, jamais nous n'avons eu un public aussi colossal !

— Vous vous rendez compte : tous les médias ont applaudi la prise de position de la petite, et le résultat obtenu est exactement l'inverse de ce qu'elle demandait aux spectateurs.

— Pourvu qu'elle s'adresse encore à eux !

— Cette gosse a vraiment le sens du spectacle !

— Elle devrait faire de la télévision !

Hilarité générale.

La kapo Zdena continuait à ne plus glisser de chocolat dans la poche de Pannonique.

L'audience de « Concentration » continuait de croître.

Si la jeune fille avait su que son courage avait eu cette conséquence, cela eût porté à son comble un désespoir déjà intolérable.

Les journalistes remarquèrent la triste mine de l'égérie. Beaucoup de médias évoquèrent le probable châtiment qu'avait dû lui valoir sa déclaration : « Nous devrions d'autant plus suivre la consigne de Pannonique qu'elle a payé cher son héroïsme. »

L'audience de l'émission s'en accrut.

Un éditorial releva ce phénomène : « Vous êtes tous ignobles. Plus vous êtes indignés, plus vous regardez. » Ce paradoxe infect fut repris et martelé par l'ensemble des médias.

L'audience de l'émission atteignit des cimes.

Un journaliste du soir reprit l'éditorial du matin : « Plus nous parlons de "Concentration", plus nous en soulignons l'atrocité, plus ça marche. La solution, c'est le silence. »

Les médias assurèrent un écho fabuleux à cette volonté de mutisme. TAISONS-NOUS ! titraient les magazines. Le quotidien au plus fort tirage remplit sa une d'un seul mot : SILENCE ! Les radios répétèrent à qui voulait l'entendre qu'elles ne diraient rien, alors là rien, sur ce sujet.

L'audience de l'émission creva le plafond.

– TOUJOURS pas de chocolat ? demanda un soir à Pannonique un homme de la tablée.

– Taisez-vous ! lui ordonna MDA 802.

– Désolée, répondit la jeune fille.

– Ça n'a pas d'importance, dit fermement EPJ 327.

Pannonique savait qu'il mentait. Ce chocolat lui manquait douloureusement. Mine de rien, ces quelques carrés quotidiens avaient constitué pendant des semaines l'essentiel de leur apport énergétique. Et ce n'était pas le minable croûton de pain et le brouet clair qui pouvaient remplacer ces précieuses calories. Chaque jour qui passait, la jeune fille se sentait faiblir.

– Vous devriez à nouveau apostropher le public, dit EPJ 327 à l'égérie.

– Pour risquer qu'ils nous privent de pain ? rugit l'homme.

– Vous n'avez pas honte ? lui dit MDA 802.

– Il n'a pas tort, intervint Pannonique. Ma déclaration au public remonte à deux semaines et vous voyez bien qu'à part la disparition du chocolat, ça n'a pas eu de résultat.

– Vous n'en savez rien, dit EPJ 327. Nous n'avons aucune idée de ce qui se déroule à l'extérieur. Peut-être plus personne ne regarde-t-il l'émission. Peut-être sommes-nous à la veille de son annulation.

– Vous croyez ? demanda Pannonique avec un sourire.

– Je le crois, dit MDA 802. Il y a un proverbe arabe qui me paraît de circonstance : « Ne baisse pas les bras : tu risquerais de le faire une heure avant le miracle. »

Le lendemain, Pannonique murmura très vite à l'oreille de Zdena : « Cette nuit. »

Le résultat ne se fit pas attendre. Vers seize

heures, la poche de la blouse fut lestée de deux plaques de chocolat.

Elle passa la journée dans une angoisse hideuse.

Le soir, à table, quand elle montra le chocolat, il y eut des hurlements de joie.

— La sanction est levée ! cria quelqu'un.

— Plus bas, voyons ! Pensez aux autres tablées ! dit l'égérie.

— Et pourquoi n'exigez-vous pas davantage de chocolat ? s'insurgea celui qui avait été rappelé à l'ordre.

— Croyez-vous que je suis en position d'exiger ? dit-elle en sentant monter en elle la colère.

— Vous pourriez réfléchir avant de sortir de telles âneries, dit EPJ 327 à l'homme.

— Tant qu'à vendre ses charmes, autant fixer un prix exorbitant, non ? grinça celui qui ne supportait pas d'être en tort.

Pannonique se dressa d'un bond.

— Et à votre avis, comment est-ce que je le gagne, ce chocolat ?

— Écoutez, ça vous regarde.

— Ah non, dit-elle. Si vous le mangez, cela vous regarde aussi.

— C'est faux, puisque je ne vous ai rien demandé.

— Vous êtes pire qu'un souteneur. Dire que je risque ma vie pour rapporter de quoi manger à un être de votre espèce !

— Oh, ça va, je refuse d'être un bouc émissaire. Ils pensent tous pareil, à cette table.

Il y eut un tollé, destiné à se désolidariser de tels propos.

— Ne les croyez pas, reprit l'homme. Ils veulent rester dans vos bonnes grâces pour continuer à avoir du chocolat. Je me contente de dire tout haut ce qu'ils pensent tout bas. Et puis, il y a un point qui vous échappe : c'est que ça nous est bien égal, la façon dont vous le gagnez, ce chocolat. Comme on dit, c'est de bonne guerre.

— Veuillez cesser de dire *nous*, ayez le courage de dire *je*, intervint EPJ 327.

— Je n'ai pas de leçons à recevoir de vous, je suis le seul à avoir le courage de dire ce que les autres pensent.

— Ce qui me paraît le plus formidable, remarqua Pannonique, c'est à quel point vous semblez fier de vous.

– On est toujours fier quand on dit la vérité, déclara l'homme, tête haute.

Une grâce fut octroyée à Pannonique : elle se rendit compte du ridicule de cet individu et éclata de rire. Ce fut contagieux : la tablée entière se mit à rigoler aux dépens de ce personnage.

– C'est ça, riez, grinça-t-il. Je sais ce que je dis. Je dérange. Et désormais, je sais que je n'aurai plus de chocolat.

– Détrompez-vous, rétorqua Pannonique : vous continuerez à recevoir ce que vous appelez votre part.

Elle attendit que les autres soient au plus profond du sommeil pour sortir du baraquement et tomba nez à nez avec la kapo Zdena qui la guettait.

– On va dans ma chambre ?

– On reste ici, répondit Pannonique.

– Comme la dernière fois ? C'est gênant.

Elle s'aperçut que Zdena envisageait soudain de nouvelles possibilités qui ne lui allaient pas davantage. Elle prit les devants :

— Je veux vous parler. Je pense qu'il y a un malentendu entre nous.

— C'est certain. Je ne te veux que du bien : tu n'as pas l'air de le savoir.

— C'est un autre malentendu, kapo Zdena.

— J'aime quand tu m'appelles, même si je préférerais que tu te passes de mon titre. J'aime quand tu prononces mon prénom.

Pannonique se promit d'éviter de la nommer, désormais.

La kapo se rapprocha. La jeune fille eut si peur qu'elle se mit à parler en tremblant :

— Le malentendu, c'est que vous vous trompez sur mon mépris pour vous.

— Tu ne me méprises donc pas ?

— Vous vous fourvoyez sur la nature de mon mépris.

— Ça me fait une belle jambe, ce que tu me racontes.

— Ce que je méprise en vous, dit Pannonique qui n'en pouvait plus de terreur, c'est votre usage de la force, de la contrainte, du chantage, de la violence. Ce n'est pas la nature de votre désir.

— Ah. Tu aimes ce genre de désir ?

131

— Ce qui me répugne en vous, c'est ce qui n'est pas vous. C'est quand vous vous conduisez comme une vraie kapo : ce n'est pas vous. Je pense que vous êtes quelqu'un de bien, sauf quand vous décidez d'être une kapo.

— C'est compliqué, tes histoires. Tu me fixes rendez-vous en pleine nuit pour ce charabia ?

— Ce n'est pas du charabia.

— Tu espères t'en tirer à si bon compte ?

— C'est très important, que vous sachiez que vous êtes quelqu'un de bien.

— Dans l'état où je suis, je m'en fiche complètement.

— L'essentiel de vous brûle d'être estimée par moi. Vous aimeriez tant voir luire dans mon œil, pour vous, un feu qui ne devrait rien à la haine, un reflet dans lequel vous seriez grande et non misérable.

— Voir ça dans tes yeux ne m'offrirait pas pour autant ce que j'attends.

— Vous auriez mieux. Infiniment mieux.

— Je ne suis pas sûre que ce soit mieux.

— Ce que vous voulez, seule la force pourrait l'obtenir. Et cela, contrairement à ce que vous croyez, vous répugnerait. Quand vous y repenseriez, plus tard, ce serait pire qu'une nausée. L'unique souvenir qui vous poursuivrait serait celui de mes yeux insoutenables de haine.

– Arrête. Tu me donnes envie.

– Si vraiment vous aviez l'envie que vous avancez, vous seriez capable de prononcer mon prénom.

Zdena blêmit.

– Quand on ressent ce que vous ressentez, on a besoin de dire le nom de l'autre. Ce n'est pas pour rien que vous avez tout fait pour apprendre le mien. Et à présent que vous l'avez et que vous m'avez devant vous, vous êtes incapable de m'appeler par mon prénom.

– C'est vrai.

– Pourtant vous le voudriez, n'est-ce pas ?

– Oui.

– C'est une impossibilité physiologique. On a tort de mépriser le corps : il est tellement moins mauvais que l'âme. Votre âme prétend vouloir des choses que votre corps refuse. Quand votre âme sera aussi honnête que votre corps, vous pourrez dire mon nom.

– Je t'assure que mon corps serait capable de te faire du mal.

— Mais ce n'est pas lui qui le veut.

— Comment sais-tu ces choses ?

— Je ne prétends pas vous connaître. Le mépris, c'est aussi de croire connaître ce que les autres ont d'inconnaissable. J'ai une intuition à votre sujet, c'est tout. Mais vos ténèbres en sont aussi pour moi.

Il y eut un silence.

— Je suis malheureuse, dit Zdena. Je ne voyais pas cette nuit ainsi. Dis-moi ce que je peux attendre de toi. Dis-moi ce que je peux espérer.

Pannonique la trouva émouvante pendant un quart de seconde.

— Vous pourriez dire mon nom en me regardant en face.

— Pas plus ?

— Si vous y parvenez, ce sera immense.

— Je n'imaginais pas la vie comme ça, dit la kapo déconfite.

— Moi non plus.

Elles rirent. Ce fut un instant de connivence : deux filles de vingt ans découvrant de conserve l'ignominie du monde.

— Je vais me coucher, dit Pannonique.

— Je ne pourrai pas dormir.

— Pendant votre insomnie, vous vous deman-
derez comment nous aider très concrètement,
les miens et moi.

Quatrième partie

IL advint que l'audience cessât de croître. Elle ne baissa pas le moins du monde, mais elle n'augmenta plus.

Les organisateurs s'affolèrent. « Concentration » existait depuis six mois, pendant lesquels la courbe avait été continuellement ascendante, avec parfois de très lentes montées, parfois des pics de croissance lors des incidents les plus médiatisés – jamais de stagnation.

– C'est notre premier plat, dit l'un d'entre eux.

– Un plat est toujours un faux plat, dit un autre. C'est une loi de la nature : ce qui n'avance pas recule.

– Il n'empêche que notre audience est énorme et reste la plus écrasante jamais obtenue par une émission.

— Ce n'est pas suffisant. Si nous ne préparons pas l'avenir, nous aurons tôt ou tard une mauvaise surprise.

— Forcément : les médias ne parlent plus de nous. Ils ont passé des mois à ne parler que de « Concentration », et maintenant, ils ont changé de sujet. Si nous voulons à nouveau attirer l'attention, il faut trouver quelque chose.

L'un d'eux proposa de consacrer un magazine aux principaux candidats, comme cela s'était pratiqué pour les shows télévisés de la décennie précédente, avec des photos et des interviews des vedettes.

— Impossible, lui dit-on. Ce ne serait envisageable qu'avec les kapos. Or les vraies vedettes de l'émission, ce sont les prisonniers. Et puisque nous reproduisons ici les conditions d'un véritable camp de concentration, nous ne pouvons pas les interviewer : ce serait contraire au principe de déshumanisation qui gouverne tout camp qui se respecte.

— Et alors ? Peut-être faut-il évoluer sur cette idée. Quand CKZ 114 a acquis une identité en révélant son prénom, nous avons eu une couverture médiatique formidable.

– Ça n'a fonctionné que pour elle. Il ne faut surtout pas banaliser sa trouvaille.

– C'est qu'elle est sacrément belle, cette petite. Dommage qu'elle se soit un peu calmée, ces derniers temps.

– Comment vont ses amours avec Zdena ? Ce serait une idée, le bourreau et la victime...

– Non, le public aime qu'elle soit une vierge inaccessible.

– De toute façon, ce n'est pas ça qui nous sauverait du gouffre. Il nous faut un plan neuf.

Les organisateurs planchèrent encore avant de se réunir en table ronde. On but des litres de café, on fuma.

– Le seul défaut de « Concentration », c'est que ce n'est absolument pas interactif, remarqua l'un d'eux.

– L'interactivité : ils n'ont que ce mot à la bouche depuis vingt ans.

– Et pour cause : le public adore participer. Il adore qu'on lui demande son avis.

– Comment rendre notre émission interactive ?

Il y eut un silence.

— C'est évident ! s'exclama quelqu'un. C'est au public de faire le travail des kapos !

— La schlague ?

— Non ! La sélection pour la mise à mort.

— Je crois qu'on tient l'idée.

— On diffuse un numéro de téléphone très cher ?

— Mieux encore : on procède par télétexte. C'est beaucoup plus fort si le spectateur peut tout régler rien qu'avec sa zappette. Il lui suffit de tapoter les trois lettres et les trois chiffres du matricule de celui qu'il décide d'éliminer.

— Génial ! Ça vaut les jeux du cirque, à Rome, le pouce vers le haut ou vers le bas.

— Vous êtes fous. La participation sera nulle. Aucun spectateur n'osera désigner les victimes.

Tous les yeux convergèrent vers celui qui venait de parler.

— On parie combien ? demanda un autre.

Ils hurlèrent de rire.

— L'émission est sauvée, décréta le chef du symposium, mettant ainsi fin à la réunion.

Les nouveaux principes furent expliqués au public de manière à être compris même du dernier des crétins. Un présentateur souriant annonça avec enthousiasme que « Concentration » devenait *son* émission.

— C'est vous, désormais, qui sélectionnerez les prisonniers. C'est vous qui choisirez ceux qui restent et ceux qui partent.

L'usage du mot « mort » était soigneusement évité.

On vit ensuite apparaître une télécommande qui remplissait l'écran entier. On indiquait en rouge celles des touches qu'il fallait employer pour accéder au télétexte de « Concentration ». C'était très facile, mais comme on redoutait que certains n'y parviennent pas, on réexpliqua : « Il serait trop dommage de perdre vos voix pour un simple problème technique », dit le présentateur.

— Nous tenons à vous préciser que l'accès au télétexte de « Concentration » est gratuit, conformément au principe démocratique de notre émission, conclut-il avec un air gracieux.

Les médias hurlèrent encore plus fort qu'ils ne l'avaient fait pour la naissance de l'émission : DERNIÈRE TROUVAILLE DE « CONCENTRATION » : LES KAPOS, C'EST NOUS ! titra le principal quotidien. NOUS SOMMES TOUS DES BOURREAUX.

POUR QUI NOUS PREND-ON ? lisait-on partout.

Un éditorialiste se fit plus vibrant que jamais : « J'en appelle à l'honneur de l'humanité, écrivait-il. Certes, elle est déjà tombée très bas en assurant un tel succès à l'émission la plus écœurante de l'Histoire. Mais face à tant d'abjection, j'attends de vous, de nous, le sursaut de l'honneur : que personne ne vote. J'appelle au boycott, sinon du spectacle, au moins de la participation à cette infamie ! »

Le taux d'abstention au premier vote de « Concentration » fut inversement proportionnel à celui des dernières élections législatives européennes : quasi nul, ce qui fit dire aux politiques que l'on devrait peut-être songer, à l'avenir, à remplacer les urnes par des télécommandes.

Quant à l'audience de la première émission postélectorale de « Concentration », elle pulvérisa les précédents records.

Cela, ce sont les chiffres.

AU premier matin de la nouvelle version de « Concentration », les prisonniers furent disposés en rang, comme d'habitude.

Les kapos étaient si indignés par ce règlement qui leur enlevait leur prérogative principale que seule la kapo Lenka se proposa pour l'exposer aux déportés. Quand elle eut bien montré ses jambes juchées sur des talons aiguilles et estimé avoir ménagé ses effets, elle s'immobilisa, bomba le torse et dit :

– Désormais, c'est le public qui votera pour décréter lesquels d'entre vous seront retirés du rang. C'est ce qu'on appelle la démocratie, je pense, n'est-ce pas ?

Elle sourit, tira une enveloppe de son décolleté, l'ouvrit comme on procède aux oscars et lut :

— Les élus sont GPU 246 et JMB 008.

Il s'agissait des prisonniers les plus âgés.

— Les spectateurs n'aiment pas les vieillards, à ce que je vois, ajouta Lenka en ricanant.

Pannonique était restée sonnée. La vulgarité de la kapo Lenka ajoutait à son incrédulité. Ce n'était pas possible, c'était trop énorme. Lenka avait inventé cette histoire, elle avait maquillé son choix en référendum. Oui, ce ne pouvait qu'être cela.

Ce qu'elle s'expliquait moins, c'était l'attitude des autres kapos. Ils demeuraient en retrait, bougons ; Pannonique supposa une querelle entre Lenka et ses collègues. Mais en cours de journée, l'absence de la kapo érotomane ne changea pas leur humeur.

Zdena semblait particulièrement sombre.

Le lendemain matin, il n'y eut plus d'ambiguïté. Les prisonniers étaient en rang, le kapo Marko ne les passa pas même en revue ; il se posta devant eux, sortit un papier et dit :

— Puisqu'on ne nous demande plus notre avis, je ne vous jouerai pas la comédie de l'inspection. Aujourd'hui, les condamnés du public sont AAF 167 et CJJ 214.

Il s'agissait de deux filles singulièrement effacées.

— Je me permets de trouver ce choix discutable, clama le kapo Marko. Voilà ce qui se produit, quand on sollicite l'avis de non-spécialistes. L'opinion des professionnels, c'était autre chose, non ? Enfin, *vox populi, vox Dei.*

Il y eut une véritable mobilisation des médias face à l'ignominie que représentait la participation massive des spectateurs. D'un commun accord, le même jour tous les quotidiens titrèrent en caractères gigantesques : LE FOND ! — et commencèrent tous l'unique article de la une par : « On l'a touché. »

Les radios, les télévisions ne parlaient plus que de ça. Les journaux satiriques se plaignaient de ne plus avoir aucun effort à fournir : dans le comique horrifique, la réalité les avait distancés pour toujours. « Le plus drôle dans cette abjection restera l'indignation des kapos, privés désormais de leur pouvoir de vie et de mort sur les prisonniers et discourant gravement sur les faiblesses de la démocratie », commenta l'un d'eux.

Le résultat de ce déferlement ne se fit pas attendre : tout le monde se mit à regarder « Concentration ». Même ceux qui n'avaient pas la télévision allaient la voir chez leurs voisins, ce qui ne les empêchait pas de se vanter haut et fort d'être les derniers réfractaires et les pourfendeurs de la télé-poubelle. On s'étonna d'autant plus de les entendre discourir sur ce programme en évidente connaissance de cause.

C'était la pandémie.

ZDENA s'inquiétait. Aussi longtemps que c'étaient les kapos qui décidaient des mises à mort, elle avait eu le pouvoir de protéger Pannonique ; à présent que l'ultime sentence appartenait au public, elle n'était plus sûre de rien. C'était ce qu'elle trouvait le plus odieux, dans la démocratie dont elle venait de découvrir l'existence : l'incertitude.

Elle se rassurait comme elle pouvait : Pannonique était la chouchoute, l'égérie, l'héroïne, la plus belle, etc. Les spectateurs n'auraient pas la sottise de sacrifier leur favorite.

Le premier vote l'apaisa : si la consultation populaire aboutissait à l'éviction des plus âgés, Pannonique était à l'abri. Le deuxième vote ressuscita ses craintes : deux filles avaient été condamnées pour leur seul effacement. Certes,

Pannonique ne passait pas inaperçue, mais elle était réservée – elle l'était même de plus en plus, ces derniers temps.

Bref, avec un public aussi absurde, on pouvait redouter le pire. L'après-midi, au moment de glisser le chocolat rituel dans sa poche, la kapo lui murmura : « Cette nuit. » Pannonique acquiesça.

À minuit, les deux jeunes femmes se retrouvèrent.

– Il faut absolument que tu réagisses, dit Zdena. Pourquoi ne prends-tu plus la parole ? Pourquoi ne t'adresses-tu plus aux spectateurs ?

– Vous avez vu comme mon intervention a été utile, grinça Pannonique.

– Tu ne changeras pas le public, mais au moins tu seras épargnée ! Les deux filles éliminées ce matin l'ont été uniquement pour leur insignifiance. Il faut que tu vives. Le monde a besoin de toi.

– Et vous, pourquoi n'agissez-vous pas ? Vous ne vous donnez aucun mal pour nous. Il y a deux semaines, je vous avais demandé de réfléchir à un plan pour nous sauver. J'attends toujours.

– Tu as plus de moyens que moi. Tu passionnes les gens. Moi, je n'intéresse personne.

– Enfin, vous êtes libre, et moi je suis prisonnière ! Avez-vous réfléchi à un projet d'évasion ?

– J'y travaille.

– Hâtez-vous, ou nous serons tous morts !

– J'y travaillerais mieux si tu étais plus gentille.

– Je vous vois venir.

– Tu te rends compte que tu me demandes l'impossible en échange de rien ?

– Ma survie et celle des miens, vous appelez ça rien ?

– Tu es trop bête, à la fin ! Ce n'est pas grand-chose, ce que je te demande.

– Ce n'est pas mon avis.

– Tu es une imbécile. Tu ne mérites pas de vivre.

– En ce cas, réjouissez-vous. Je ne vivrai pas, dit Pannonique en la plantant là.

Jusque-là, Zdena avait été fascinée par l'intelligence de celle qui l'obsédait. Sa façon de parler, d'économiser les mots et de répondre là où on ne l'attendait pas la persuadait de l'excellence de son cerveau. À présent, elle la découvrait bête à manger du foin.

Préférer la mort, elle trouvait ça scandaleux. La vie méritait quelques efforts, quand même. Et puis, ce qu'elle lui demandait, c'était deux fois rien.

Pannonique lui semblait se conduire comme ces marquises des romans qu'elle n'avait pas lus, défendant chèrement des vertus grotesques auxquelles elles étaient les seules à accorder de la valeur. Zdena se fichait de cette littérature avec d'autant plus d'entrain qu'elle n'était pas sûre de son existence ; d'une manière générale, l'univers romanesque lui paraissait assez stupide pour abriter de telles mœurs.

« Le pire, c'est que ça ne m'empêche pas de l'aimer. C'est comme si elle me plaisait encore plus. De tant rechigner à me donner ce qui se donne si facilement, de se cabrer autant que si j'exigeais d'elle le sacrifice de son père et de sa mère, elle m'attire à en crever. »

Une bouffée de joie lui emplit l'être, d'éprouver un désir si fort – aussitôt enrayée par le souvenir de la réalité : Pannonique allait mourir tôt ou tard. Ce que l'humanité avait engendré de plus beau, de plus pur, de plus élevé et de plus délectable allait être tué dans d'atroces souffrances devant des millions de spectateurs.

Zdena eut l'impression de comprendre pour la première fois l'horreur de cette information.

Elle décida alors d'un plan, qui serait à la hauteur de sa passion. Il lui fallait approcher l'entourage de Pannonique.

Son choix se porta sur MDA 802. Elle l'avait haïe aussi longtemps qu'elle avait vu en elle une rivale potentielle. Plus tard, elle avait su qu'elle s'était trompée : MDA 802 n'éprouvait qu'amitié pour Pannonique, laquelle, ô désolation, ne semblait pas insensible à l'amour d'EPJ 327.

Elle glissa subrepticement à MDA 802 une fiole de cochenille et chuchota :

– Feins d'avoir une plaie ensanglantée, vite !

Le cœur de MDA 802 battit à cent à l'heure : la kapo cherchait à avoir un aparté avec elle.

154

Allait-elle lui faire des propositions, comme à Pannonique ? Si c'était le cas, elle sauterait sur l'occasion. Elle n'éprouvait aucun attrait pour Zdena, mais pour recouvrer la liberté, elle était prête à tout.

Elle renversa la cochenille à l'intérieur de sa paume puis gémit en montrant sa main.

— Ça pisse le sang, dit Zdena, je la conduis à l'infirmerie.

Elle l'emmena en lui gueulant dessus :

— Se viander avec des gravats, ce que tu es tarte !

Personne n'eut le temps de réagir. Ni vu ni connu, elles se rendirent non pas à l'infirmerie, mais dans la chambre de la kapo.

— Il faut qu'on parle, commença Zdena. Tu es très copine avec CKZ 114, hein ?

— Oui.

— Eh bien, ça ne va que dans un sens. Elle vous cache des choses, à toi et à l'unité.

— C'est son droit.

— Tu parles. Elle sait surtout ce qu'elle risque.

MDA 802 jugea plus prudent de garder le silence.

— Tu ne veux pas couler ta copine, c'est bien, poursuivit la kapo. Elle, elle n'hésite pas.

« C'est un piège », pensa la prisonnière.

— Tu sais ce que j'attends d'elle. Ce n'est pas la mer à boire, non ? Et si elle me l'accordait, je garantirais l'évasion à l'unité entière, dont elle, dont toi. Mais non : mademoiselle refuse, et en se refusant, elle refuse de vous sauver.

MDA 802 en eut la poitrine gonflée de colère, d'une indignation indifférenciée qui s'adressait autant à la kapo qu'à Pannonique. Pragmatique, elle décida de remettre sa fureur à plus tard et tenta le tout pour le tout :

— Kapo Zdena, ce que CKZ 114 vous refuse, je ne vous le refuse pas, moi.

Elle tremblait convulsivement.

Zdena en resta bouche bée, puis elle éclata d'un rire d'ogresse :

— Je te plais, MDA 802 ?

— Vous ne me déplaisez pas, dit la malheureuse.

— Alors tu te donnes gratuitement ?

— Non.

— Ah bon ? s'insurgea la kapo hilare. Et quel est ton prix ?

— Comme CKZ 114, répondit-elle au bord des larmes.

— Tu t'es déjà regardée dans un miroir ? Rabaisse tes prétentions, fillette !

— La vie de CKZ 114 et la mienne, marchanda courageusement la prisonnière.

— Tu rigoles ? hurla Zdena.

— Ma vie, finit par dire MDA 802.

— Non, non, non et non !

Alors MDA 802 eut un propos misérable que seuls se permettront de juger ceux qui croient valoir mieux :

— Du pain.

Zdena se figea de mépris et lui cracha dessus.

— Tu me dégoûtes, tiens ! Même gratuitement, je ne voudrais pas de toi.

Et elle la jeta dehors.

— Va raconter aux autres ce que tu sais, maintenant !

MDA 802 sanglotait en rejoignant les travaux du tunnel. Les prisonniers mirent cela sur le compte de sa blessure à la main, qu'on supposa désinfectée. Pannonique, elle, se doutait de quelque chose.

Elle surprit les yeux de MDA 802 posés sur elle, des yeux humiliés et offensés. Elle crut y lire aussi de la haine.

Pannonique secoua la tête de désespoir.

Le soir, à table, on vit que MDA 802 n'allait pas bien.

— La kapo Zdena vous a-t-elle fait du mal ? l'interrogea-t-on.

— Non, répondit-elle en regardant fixement Pannonique à qui ce manège n'échappait pas.

— Parlez, dites ce que vous avez à dire, soupira l'égérie.

— Ne serait-ce pas plutôt à vous de le dire ? demanda MDA 802.

— Non. Vous avez visiblement besoin de parler.

Il y eut un silence.

— C'est très gênant, commença MDA 802. La kapo Zdena m'a appris qu'elle avait fait des propositions à Pannonique, en échange de quoi elle nous offrait l'évasion, à tous. Et Pannonique a refusé.

Les yeux de la tablée se tournèrent sur l'égérie qui resta de marbre.

— Pannonique a eu raison, dit EPJ 327.

— Vous trouvez ? demanda MDA 802.

— Elle se fout de notre gueule, dit l'homme qui n'avait jamais pardonné la risée dont il avait été l'objet. Elle nous condamne à mort parce qu'elle se refuse !

— Taisez-vous, vous êtes une brute, intervint une femme. Pannonique, je comprends vos réticences. Nous les comprenons. La kapo Zdena est un monstre et nous répugnerions tous à consentir à... cela. Cependant c'est une question de vie ou de mort. Point final.

— Vous faites bon marché de l'honneur, grinça EPJ 327.

— Ne serait-ce pas un acte honorable que de nous sauver la vie ? protesta la femme. Vous, EPJ 327, vous êtes fou amoureux de Pannonique : croyez-vous que nous l'ignorions ? Il faut être fou amoureux pour préférer notre mort et la vôtre à sa soumission d'une heure à la kapo Zdena. Nous, nous aimons et nous admirons

Pannonique, mais pas au point de sacrifier notre survie à sa soif de pureté.

La femme se tut. Elle avait à ce point exprimé l'opinion générale que personne n'eut rien à ajouter.

— Vous êtes comme les bourgeois dans *Boule de Suif*, s'insurgea EPJ 327.

— Non, dit MDA 802. La preuve, c'est que je suis allée me proposer à sa place et qu'elle m'a refusée.

Les yeux baissés, l'égérie se taisait.

— Pourquoi ne dites-vous rien ? lui demanda MDA 802.

— Parce que je n'ai rien à dire.

— C'est faux. Nous savons que vous êtes une grande âme. Nous aimerions vous comprendre, insista MDA 802.

Pannonique secoua la tête en soupirant.

— C'est parce que c'est une femme ? demanda ingénument quelqu'un.

— Ma réaction serait la même si la kapo Zdena était un homme, coupa l'égérie.

— Je vous assure que nous avons besoin d'une explication, dit MDA 802.

— Vous n'en aurez pas, répondit Pannonique.

— Princesse sur un pois qui nous envoie à la mort ! hurla l'homme.

Il avait crié trop fort. Les autres unités regardèrent en direction de leur tablée.

Long silence. Quand l'atmosphère devint moins intenable, le brouhaha reprit.

— Vous vous conduisez comme des vaincus, dit alors Pannonique. Aucun d'entre nous ne sera tué, précisément parce que je n'aurai rien accordé à l'ennemi.

Le repas s'acheva dans l'accablement.

Le lendemain matin, quand la kapo eut fini de lire son enveloppe des condamnés du jour, Pannonique s'avança de deux pas, se tourna vers ce qu'elle sentait être la principale caméra et clama :

— Spectateurs, ce soir, votez pour moi ! Qu'au dépouillement il n'y ait pas deux noms, mais un seul ! Que le matricule CKZ 114 remporte l'unanimité absolue. Tous autant que vous êtes, vous vous êtes avilis à regarder ce programme abject. L'absolution ne vous sera accordée qu'à cette unique condition : que je sois la condamnée de demain. Vous me le devez !

Elle recula et réintégra le rang.

« Hélas, voici la confirmation de mes craintes elle est complètement folle », jugea MDA 802.

« Et dire que nous comptions sur elle pour nous sauver ! » pensa le reste de l'unité.

Même EPJ 327 conçut des craintes : « Elle est sublime. Mais on peut être sublime et se tromper. »

Zdena était consternée.

Pannonique passa sa journée dans la sérénité la plus absolue.

L ES communiqués de presse tombaient les uns après les autres, déclarant les choses les plus abstruses.

Un propos récurrent l'emportait sur les versions divergentes : « Elle se prend pour le Christ. »

Le soir, ce fut la même dépêche qui fut envoyée partout : « La déportée Pannonique a pris la parole ce matin pour ordonner fermement au public de "Concentration" de voter sa condamnation à l'unanimité. Sans ambiguïté, elle s'est désignée comme victime expiatoire, déclarant que l'absolution des spectateurs était à ce prix. »

Les radios et les télévisions, moins scrupuleuses que les journaux, suggéraient que Pannonique avait perdu la raison.

À la tablée du soir, régnait la plus grande gêne.

— Est-ce que ce repas est censé être la Cène ? demanda MDA 802.

Pannonique éclata de rire et saisit dans sa poche les tablettes de chocolat.

— Elle prit le chocolat, le rompit et le donna à ses disciples en disant : « Prenez et mangez-en tous, car ceci est mon corps. »

— Il n'était pas si chiche de son corps, lui, persifla l'homme qui la détestait.

— Aussi ne suis-je pas lui, et aussi n'êtes-vous pas Judas, qui était un personnage bouleversant et indispensable.

— Lui au moins, il sauvait les gens !

— Vous êtes en train de me reprocher de ne pas être le Christ. C'est énorme !

— Pas plus tard qu'hier, vous nous garantissiez qu'aucun d'entre nous ne serait tué ! protesta l'homme.

— C'est exact.

— Comment comptez-vous procéder ? C'est

d'outre-tombe que vous allez nous protéger ? demanda-t-il.

— N'allez pas si vite en besogne. Je ne suis pas encore morte.

— Ce que vous avez ordonné au public pourrait bien se produire. Vous êtes persuasive, vous savez, dit-il.

— Je compte que cela se produise, en effet.

— Alors, vous nous sauverez quand ? s'insurgea-t-il.

— Le salut, c'est comme les deux carrés de chocolat : c'est votre dû, n'est-ce pas ?

— Arrêtez de jouer au bel esprit, dit l'homme. Nous sommes censés avoir de moins grandes âmes que la vôtre. Il n'empêche que nous, nous aurions tous accepté la proposition de la kapo Zdena pour sauver les autres.

— Vous l'auriez même acceptée pour beaucoup moins que cela, enchaîna Pannonique.

MDA 802 sursauta imperceptiblement à ce propos.

— Eh bien oui, poursuivit l'homme qui n'avait rien compris. Nous sommes des êtres humains, nous, des êtres vivants à part entière, nous savons qu'il faut parfois se salir les mains.

— Les mains ? releva Pannonique comme une incongruité. J'aimerais que vous cessiez de me raconter ce que vous auriez fait à ma place. Personne n'est à ma place, personne n'est à la place de personne. Quand quelqu'un prend pour vous un risque dont vous seriez incapable, ne prétendez pas le comprendre, encore moins le juger.

— Justement, pourquoi prendre un tel risque ? intervint MDA 802. Ce que Zdena offrait n'était pas risqué.

— J'y perdrais pour toujours la conviction qu'en ce paysage mon désir est le seul maître. Je n'ai rien à ajouter, conclut Pannonique.

EPJ 327, qui était resté jusque-là prostré, parla :

— Vous savez combien je vous donne raison, Pannonique. Mais depuis votre déclaration, j'ai peur. J'ai une peur terrible et, pour la première fois, je ne vous comprends plus.

— Je vous demande simplement, en guise de dernière faveur, que l'on parle d'autre chose.

— Comment pourrions-nous parler d'autre chose ? dit EPJ 327.

— En ce cas, je demande le droit de me taire.

À minuit, sans même s'être concertées, Zdena et Pannonique se retrouvèrent.

– Tu sais ce qui t'attend ? Tu sais comment ça se passe, la mise à mort ? Tu sais ce qui va lui arriver, à ton petit corps fragile ?

Pannonique se boucha les oreilles et attendit que les lèvres de Zdena cessent de bouger.

– Si je meurs demain, ce sera votre œuvre. Si je meurs demain, vous pourrez vous dire chaque jour que vous m'avez condamnée, pour ce seul motif que je n'ai pas voulu de vous.

– Suis-je à ce point non désirable ?

– Vous n'êtes ni plus ni moins désirable que n'importe qui.

Zdena sourit comme si on l'avait complimentée. La prisonnière se hâta d'ajouter :

– En revanche, le procédé auquel vous avez recouru vous rend à mes yeux pour toujours non désirable.

– Pour toujours ?

– Pour toujours.

– Alors, à quoi cela sert-il que je te sauve ?

— À ce que je continue à vivre, dit Pannonique que ce genre de tautologie amusait.

— Mais à quoi cela me sert-il ?

— Je viens de vous le dire : à ce que je continue à vivre.

— Ça ne me sert à rien.

— Si. La preuve, c'est que vous êtes horrifiée
à l'idée de ma mort. Vous avez besoin que je
vive.

— Pourquoi ?

— Parce que vous m'aimez.

La kapo la regarda avec ahurissement, puis
elle rigola en étouffant son rire pour ne pas être
entendue.

— Tu ne doutes de rien !

— J'ai tort ?

— Je ne sais pas. Tu m'aimes, toi ?

— Non, dit Pannonique péremptoire.

— Tu es gonflée.

— Vous m'aimez : ce n'est ni votre faute ni
la mienne. Je ne vous aime pas, c'est pareil.

— Et il faut que je te sauve pour ça ?

Pannonique soupira.

— On ne va pas s'en sortir si vous n'y mettez
pas du vôtre. Vous vous êtes conduite de

manière infecte. Vous avez maintenant la possibilité de vous racheter, vous n'allez pas la
laisser passer...

— Tu perds ton temps. Même s'il y a un
enfer, je me fiche d'aller y rôtir.

— Il y a un enfer, nous y sommes.

— Ça me va, à moi.

— Vous trouvez que les conditions de notre
rencontre sont idéales ?

— Sans « Concentration », je ne t'aurais
jamais connue.

— À cause de « Concentration », vous ne me
connaîtrez jamais.

— En temps normal, les gens comme toi ne
rencontrent pas les gens comme moi.

— Ce n'est pas vrai. J'ai toujours été prête à
rencontrer tout le monde.

— Et alors ? Je ne t'aurais pas plu.

— Vous m'auriez forcément plu davantage
que vous ne me plaisez.

— Ne parle pas de moi comme si je te dégoûtais.

— Il vous appartient d'inverser cette situation : vous pouvez devenir le magnifique être humain qui délivrera les prisonniers et conduira à sa perte une expérience répugnante.

– Ça ne me vaudra pas tes faveurs, comme tu dis.

– Ça vous vaudra mon amitié et mon admiration. Vous aimerez, vous en redemanderez. Je vous laisse, je n'ai plus rien à vous dire. Vous avez besoin de votre nuit pour réfléchir à un plan.

Pannonique s'en alla, l'air assuré. Elle ne pouvait cacher son angoisse plus longtemps.

Quand elle se retrouva seule, Zdena comprit qu'elle n'avait plus le choix.

Un plan d'évasion, c'était impossible à mettre au point. Elle était kapo, pas de ces techniciennes qui auraient été capables de couper l'alarme.

Il fallait qu'elle trouve des armes.

Elle ne dormit pas une seconde.

Pannonique non plus ne dormit pas.

« Je suis folle de prendre un tel risque. Cela

dit, j'allais mourir de toute façon. Je hâte ma mort, voilà. Je n'aurais pas dû. Je ne suis pas pressée de mourir. »

Elle décida de se rappeler ce qu'elle avait aimé dans la vie. Elle se repassa les musiques qu'elle préférait, l'odeur délicate des œillets, le goût du poivre gris, le champagne, le pain frais, les beaux moments avec les êtres chers, l'air après la pluie, sa robe bleue, les meilleurs livres. C'était bien, mais cela ne lui avait pas suffi.

« Ce que je voulais le plus vivre, je ne l'ai pas vécu ! »

Elle pensa aussi qu'elle avait tant aimé les matins.

Ce matin-là la révulsa. Il était aussi léger que n'importe quel matin. C'était un traître.

Traître était cet air vif – que se passait-il, pendant les nuits, pour que l'air soit toujours neuf au matin ? Quelle était cette rédemption perpétuelle ? Et pourquoi ceux qui le respi-raient n'étaient-ils pas rachetés ?

Traîtresse était cette lumière ineffable, promesse de jour parfait, générique très supérieur au film qui s'ensuivrait.

« Tout le plaisir des jours est en leur matinée », disait l'autre.

Pannonique, au dernier matin de sa vie, se sentait flouée.

Comme d'habitude, les prisonniers furent regroupés sur l'esplanade pour la proclamation des condamnés choisis.

Cinquième partie

C'ÉTAIT en direct, le public le savait – il était écrit « direct » dans le coin de l'écran.

« Concentration » atteignit l'audience absolue : cent pour cent de la population. L'émission fut regardée par tout le monde, à la lettre. Les aveugles, les sourds, les anachorètes, les religieux, les poètes des rues, les petits enfants, les jeunes mariés, les animaux de compagnie – même les chaînes de télévision concurrentes avaient interrompu leurs programmes, afin que leurs animateurs puissent voir l'émission.

Les hommes politiques, devant leur poste, secouaient la tête de désespoir en disant :

– C'est terrible. Nous aurions dû intervenir.

Dans les bars, les gens à demi affalés sur le zinc diagnostiquaient, les yeux rivés à l'écran :

– Elle va y passer, moi je dis. C'est dégueulasse. Pourquoi les politiciens ont laissé faire ? Y avait qu'à interdire ce genre de saleté. Y a plus de moralité à la tête de l'État, c'est tout ce que j'ai à dire.

Les bien-pensants pensaient tout haut leur bien, la tête inclinée avec tristesse en direction du poste :

– Quelle souffrance ! Quel jour noir pour l'humanité ! Nous n'avons pas le droit de ne pas regarder ça : il faudra témoigner pour tant d'horreur, il faudra rendre des comptes. À ce moment-là, nous ne dirons pas que nous n'étions pas là.

Dans les prisons, les détenus regardaient et persiflaient :

– Et dire que c'est nous, les hors-la-loi ! C'est nous qu'on met en taule, et pas les organisateurs de cette merde.

Mais ils regardaient.

Les amoureux candides, blottis l'un contre l'autre dans des lits douillets, avaient installé le poste à leur chevet.

– Regarde comme nous sommes étrangers à ce monde ignoble ! L'amour nous protège !

La veille, chacun avait profité d'un petit

besoin de l'autre pour s'emparer de la télécommande et voter en tapotant.

Les carmélites, en silence, regardaient.

Les parents montraient l'émission aux
enfants, pour leur expliquer que c'était ça, le
mal.

Dans les hôpitaux, les malades regardaient,
considérant sans doute leur pathologie comme
une exemption de culpabilité.

Le sommet de l'hypocrisie fut atteint par
ceux qui n'avaient pas la télévision, s'invitaient
chez leurs voisins pour regarder « Concentration » et s'indignaient :

– Quand je vois ça, je suis content de ne pas
avoir la télévision !

Au moment de l'appel, Pannonique remarqua l'absence de la kapo Zdena.

« Elle m'a abandonnée, pensa-t-elle. J'ai
perdu. Je suis perdue. »

Elle respira un grand coup. L'air qui lui
entra dans la poitrine lui sembla contenir des
bris de verre.

Le kapo Jan marcha au-devant des prisonniers, s'immobilisa, ouvrit l'enveloppe et clama :

— Les condamnées du jour sont CKZ 114 et MDA 802.

La stupeur passée, Pannonique s'avança d'un pas et déclara :

— Spectateurs, vous êtes des porcs !

Elle s'arrêta un instant pour calmer son cœur qui battait trop fort. Les caméras se braquèrent sur celle qui haletait de colère. Ses yeux étaient devenus une fontaine de haine. Elle continua :

— Vous faites le mal en toute impunité ! Et même le mal, vous le faites mal !

Elle cracha par terre et poursuivit :

— Vous croyez être en position de force parce que vous nous voyez et que nous ne vous voyons pas. Vous vous trompez : je vous vois ! Regardez mon œil, vous y lirez tant de mépris que vous en aurez la preuve : je vous vois ! Je vois ceux qui nous regardent bêtement, je vois aussi ceux qui croient nous regarder intelligemment, ceux qui disent : « Je regarde pour voir jusqu'où les autres s'abaissent » et qui, ce faisant, tombent plus bas qu'eux ! L'œil était dans la télévision et vous regardait ! Vous allez me voir mourir en sachant que je vous vois !

MDA 802 pleurait :

— Arrêtez, Pannonique. Vous vous êtes trompée.

Pannonique pensa que MDA 802 allait mourir par sa faute. Elle eut honte et se tut.

Dans la salle aux quatre-vingt-quinze écrans, les organisateurs regardaient la scène avec ravissement.

— Il faut reconnaître que c'est une vedette : l'audience absolue, ça n'avait jamais existé, même le 21 juillet 1969 aux États-Unis. À votre avis, pourquoi est-ce elle qui l'obtient ?

— Les gens la prennent pour le symbole du bien, de la beauté, de la pureté, toutes ces fadaises. Le combat entre le bien et le mal, ils adorent. Alors le clou du spectacle, c'est la pureté exécutée par le vice ! L'innocence livrée au supplice !

— C'est parce qu'elle est belle, tout simplement. Elle aurait été moche, personne ne se serait soucié d'elle.

– Rien n'a changé depuis Pâris, dit une ordure lettrée. Entre Héra, Athéna et Aphrodite, c'est la dernière qui est choisie.

L'élue marchait gravement au-devant de son supplice, en compagnie de MDA 802 – « l'amie que je n'ai pas sauvée », se morfondait Pannonique, ajoutant la culpabilité à la somme de ses souffrances.

EPJ 327 se traitait de tous les noms : « Tu vas la laisser mourir sans rien essayer, même pas par lâcheté – quelle impuissance ! Si seulement je pouvais détruire les caméras qui montreront son agonie ! Si seulement je pouvais sauver sa mort, à défaut de sauver sa vie ! Je l'aime et ça ne sert à rien ! »

Il avança d'un pas et hurla :

– Spectateurs, régalez-vous ! Vous avez condamné à mort le sel de la terre et, à présent, vous allez voir mourir celle que vous auriez voulu être ou celle que vous auriez voulu avoir ! Vous avez besoin qu'elle disparaisse parce qu'elle est votre contraire : elle est aussi pleine que vous êtes vides ! Si vous n'étiez pas de tels néants, vous ne trouveriez pas intolérable l'existence de celle qui a de la substance ! Une émission telle que « Concentration » est le miroir de votre vie et c'est par narcissisme que vous êtes si nombreux à la regarder !

EPJ 327 s'arrêta quand il s'aperçut que personne ne s'intéressait à lui ni ne l'écoutait.

La kapo Zdena était réapparue : elle avait ramené sur l'esplanade les deux condamnées et leur escorte. Elle posa par terre une partie des bocaux de verre dont ses bras étaient chargés. Elle en garda un dans chaque main et les brandit.

— Ça suffit, maintenant ! C'est moi qui commande ici ! J'ai entre mes doigts assez de cocktails Molotov pour vous tuer tous, je peux détruire le camp entier ! Si quelqu'un tente de me tirer dessus, je les balance et tout le monde explose !

Elle se tut avec une délectation évidente, consciente d'avoir les caméras braquées sur elle. Plusieurs organisateurs déboulèrent sur le plateau en courant, avec des haut-parleurs.

— Je vous attendais, leur dit-elle en souriant.

— Allons, Zdena, tu vas déposer ça par terre

et venir discuter avec nous, déclara la voix paternaliste d'un chef.

— Dites donc, gueula-t-elle, je m'appelle kapo Zdena, et on me vouvoie, d'accord ? Je vous rappelle que le cocktail Molotov explose quand le verre se brise !

— Quelles sont vos exigences, kapo Zdena ? reprit la voix intimidée dans le haut-parleur.

— Je n'ai pas d'exigences, je donne des ordres, c'est moi qui commande ! Et je décide que c'est la fin de cette émission de merde ! On relâche tous les prisonniers sans exception !

— Voyons, ce n'est pas sérieux.

— C'est tellement sérieux que j'en appelle aux dirigeants de cette nation ! Et à l'armée.

— L'armée ?

— Oui, l'armée ! Il y a bien une armée dans ce pays. Que le chef de l'État m'envoie l'armée, et on oubliera peut-être qu'il s'est tourné les pouces pendant que les détenus crevaient.

— Qui nous dit que ce sont de vrais cocktails Molotov, entre vos mains ?

— L'odeur ! dit-elle avec un large sourire.

Elle ouvrit l'un des bocaux. Cela empesta l'essence et d'autres odeurs délétères encore plus pénibles. Les gens se mirent une main sur le nez. Zdena reboucha le bocal et clama :

— J'aime ce mélange d'essence, d'acide sulfurique et de potasse, mais on dirait que vous ne partagez pas mes goûts.

— Vous bluffez, kapo Zdena ! Comment auriez-vous pu vous procurer de l'acide sulfurique ?

— Une vieille batterie de camion en contient bien assez. Et ce ne sont pas les camions qui manquent, au camp.

— Un spécialiste me dit à l'oreille que le liquide du fond devrait être brun-rouge et non rouge foncé comme celui que vous détenez...

— Je me ferai une joie de le lui faire tester, histoire qu'il me dise s'il s'est transformé en puzzle de façon orthodoxe. C'est joli, hein, un cocktail Molotov ? Ces liquides si différents et qui ne se mélangent pas... Il suffirait que ça entre en contact avec le chiffon imbibé de potasse et boum !

La kapo Zdena était à son affaire. Elle jouait le rôle de sa vie, elle jubilait.

Pannonique la regardait en souriant.

QUAND l'armée encercla le lieu du tournage de « Concentration », les kapos ouvrirent les portes. Les équipes de toutes les chaînes de télévision filmèrent le cortège des prisonniers maigres et stupéfaits qui en sortirent.

Le ministre de la Défense entra avec enthousiasme et voulut serrer la main de la kapo Zdena. Celle-ci ne lâcha pas ses bocaux de verre et déclara qu'elle exigeait un accord écrit.

– Quoi donc ? demanda le ministre. Un traité ?

– Disons un contrat, qui stipulera votre intervention chaque fois que la télévision voudra refaire une émission de ce genre.

– Il n'y aura plus jamais d'émission de ce genre ! protesta l'homme d'État.

– Oui, oui. Mais on n'est jamais trop prudent, répondit-elle en montrant ses cocktails Molotov.

Le contrat fut aussitôt rédigé par le secrétaire du ministre. La kapo Zdena ne déposa l'un des bocaux que pour signer le document, le saisir et le montrer à la caméra.

— Spectateurs, vous êtes tous témoins de l'existence de ce contrat.

Elle laissa au zoom le temps de se rapprocher et au public le temps de lire. Ensuite elle prit les bocaux entre ses bras et marcha vers Pannonique qui l'attendait.

— Vous avez été géniale, dit Pannonique tandis qu'elles sortaient ensemble du camp.

— Vraiment ? demanda Zdena d'un air avantageux.

— Il n'y a pas d'autre mot. Ne voulez-vous pas que je vous aide à porter les bocaux ? Vous risquez d'en laisser tomber un, ce serait dommage qu'ils explosent maintenant.

— Aucun danger. Il paraît qu'on trouve de l'acide sulfurique dans les vieilles batteries, mais je ne sais pas dans quelle partie.

— Le liquide rouge, qu'est-ce que c'est ?

— Du vin. Du haut-médoc. C'est tout ce que j'ai pu me procurer. Je n'ai pas imbibé les chiffons de potasse, mais c'est de la vraie essence, pour l'odeur.

— Vous avez été fantastique.

— Est-ce que ça change quelque chose entre toi et moi ?

— Jusqu'à présent, j'avais à votre sujet une intuition. Désormais, c'est une certitude.

— Concrètement, ça donne quoi ?

— Ça ne change rien à nos accords.

— Rien ? Tu m'embobines, là. Sous couleur de me flatter, tu me floues !

— Non. Je m'en tiens strictement à ce que je vous avais annoncé.

— Qu'est-ce que tu me racontes ?

— Vous avez été héroïque. Vous êtes une héroïne. Que le reste de votre attitude soit à l'avenant.

— Tu te fiches de moi.

— Au contraire. Je vous estime au plus haut point, je ne supporterais pas que vous me déceviez.

— Tu essaies de m'avoir.

186

— Vous inversez les rôles. J'ai été honnête avec vous de bout en bout.

— J'ai accompli un miracle et j'avoue que j'en espérais autant de ta part.

— Il est là, le miracle. Ce qui subsistait en moi de mépris envers vous a disparu. Vous étiez, il faut bien le dire, ce que l'humanité avait produit de plus misérable, et vous êtes désormais ce qu'elle a produit de plus magnifique.

— Arrête. Qu'est-ce que tu t'imagines ? Je ne suis pas devenue quelqu'un d'autre, je suis toujours celle qui avait accepté avec joie d'être kapo dans cette émission.

— Ce n'est pas vrai. Vous avez profondément changé.

— C'est faux ! Tout ce que j'ai fait, c'est pour t'avoir. Ça m'est égal, d'être quelqu'un de bien. L'unique chose qui compte pour moi, c'est de t'avoir. Rien n'a changé en moi.

— Regrettez-vous d'avoir été formidable ?

— Non. Mais je ne m'attendais pas à ce que ce soit pour rien.

— C'est ça, l'héroïsme : c'est pour rien.

Zdena continua à marcher en regardant par terre.

ELLES traversèrent à pied des territoires vagues. C'était une Europe indétermina- ble. Elles marchèrent longtemps. Sur leur che- min, il y eut une bourgade.

— Allons à la gare. Tu prendras le train pour ta ville.

— Je n'ai pas d'argent.

— Je te le paierai. Je ne veux plus te voir. C'est une épreuve pour moi. Tu ne comprends pas.

Au guichet, Zdena acheta un billet à Pan- nonique. Elle l'accompagna sur le quai.

— Vous nous avez sauvé la vie. Vous avez sauvé l'humanité, ce qui reste d'humanité dans ce monde.

— Ça va, ne te crois pas obligée.

— Il n'en est rien. Il faut que je vous dise

l'admiration et la gratitude que j'ai pour vous. C'est un besoin, Zdena. J'ai besoin de vous dire que vous êtes la rencontre la plus importante de toute mon existence.

– Attends. Comment as-tu dit ?

– ... la rencontre la plus importante...

– Non. Tu m'as appelée par mon prénom.

Pannonique sourit. Elle la regarda au fond des yeux et dit :

– Je ne vous oublierai jamais, Zdena.

Celle-ci frémit des pieds à la tête.

– Vous ne m'avez toujours pas nommée, c'est ça aussi que je voulais vous dire.

Zdena inspira d'un grand coup, planta ses yeux dans ceux de la jeune fille et dit, comme on se jette dans le vide :

– Je suis heureuse de savoir que tu existes, Pannonique.

Ce que Zdena ressentit à cet instant-là, Pannonique n'en vit que l'onde indicible qui traversait Zdena. Elle monta aussitôt dans le train qui partit.

Éberluée, Zdena reprit sa longue marche vers le hasard. Elle ne cessait de repenser à ce qui s'était passé.

Soudain, elle s'aperçut qu'elle n'avait toujours pas lâché les ersatz de cocktails Molotov.

Elle s'assit au bord du chemin et considéra l'un des bocaux. « Cette essence et ce vin incapables de se mélanger, l'un qui surnagera l'autre, quoi qu'il arrive, ça me rappelle quelque chose. Je ne veux pas savoir laquelle de nous était l'essence ni laquelle le vin. »

Elle déposa le bocal et crut exploser d'amertume. « Tu ne m'as rien donné et je souffre ! Je t'ai sauvée et tu me laisses crever de faim ! Et j'aurai faim jusqu'à ma mort ! Et tu trouves ça juste ! »

Alors elle saisit les bocaux et les jeta contre un arbre, avec l'énergie de son indignation. Les bouteilles se brisèrent les unes après les autres, les liquides ne se mêlèrent pas mais Zdena vit que l'essence et le vin étaient absorbés par la même terre. Elle en conçut une sorte d'exaltation et jubila comme une illuminée : « Tu m'as donné mieux que tout ! Et ce que tu m'as donné, personne ne l'a jamais donné à personne ! »

DE retour au Jardin des Plantes où toute cette histoire avait commencé, Pannonique remarqua EPJ 327 assis sur un banc. Il semblait l'attendre.

– Comment m'avez-vous retrouvée ?

– La paléontologie...

Elle ne sut quoi lui dire.

– J'avais besoin que vous sachiez ceci : je m'appelle Pietro Livi.

– Pietro Livi, répéta-t-elle, consciente de l'importance de cette révélation.

– J'avais mal jugé Zdena. C'est vous qui aviez raison. Cependant, c'est à vous que revient le mérite de ce qui s'est passé : vous et vous seule étiez capable de retourner cet être.

– Qu'en savez-vous ? demanda-t-elle avec un peu d'agacement.

— Je le sais parce que je l'ai vécu et parce que je le vis. J'avais d'autant plus tort de mépriser Zdena que j'en suis très proche. Comme elle, je ne cesse de penser à vous.

Elle s'assit à côté de lui sur le banc. Elle se sentit soudain heureuse qu'il soit là.

— J'ai besoin de vous, moi aussi, dit-elle. Un fossé me sépare désormais des autres. Ils ne savent pas, ils ne comprennent pas. Je me réveille au milieu de la nuit, haletante d'angoisse. Et j'ai honte, souvent, d'avoir survécu.

— Je croirais m'entendre.

— Quand la culpabilité est trop forte, je pense à Zdena, au miracle qu'elle a accompli pour nous. Je me dis que je dois me montrer digne d'elle, être à la hauteur de ce cadeau.

Pietro Livi fronça les sourcils.

— Ma vie a profondément changé depuis Zdena, continua-t-elle.

— Vous n'étudiez plus la paléontologie ?

— Si, autant terminer ce qu'on a commencé. Mais maintenant, chaque fois que je rencontre une nouvelle personne, je lui demande son nom et je répète ce nom à haute voix.

— Je comprends.

– Ce n'est pas tout. J'ai décidé de rendre les gens heureux.

– Ah, dit Pietro Livi, consterné à l'idée de voir la sublime Pannonique se lancer dans la bienfaisance. Cela consiste en quoi ? Vous allez devenir dame d'œuvres ?

– Non. J'apprends le violoncelle.

Il rit de soulagement.

– Le violoncelle ! C'est magnifique. Et pourquoi le violoncelle ?

– Parce que c'est l'instrument qui ressemble le plus à la voix humaine.

DU MÊME AUTEUR

Aux Éditions Albin Michel

HYGIÈNE DE L'ASSASSIN, 1992.

LE SABOTAGE AMOUREUX, 1993.

LES COMBUSTIBLES, 1994.

LES CATILINAIRES, 1995.

PÉPLUM, 1996.

ATTENTAT, 1997.

MERCURE, 1998.

STUPEUR ET TREMBLEMENTS, Grand Prix du roman de
l'Académie française, 1999.

MÉTAPHYSIQUE DES TUBES, 2000.

COSMÉTIQUE DE L'ENNEMI, 2001.

ROBERT DES NOMS PROPRES, 2002.

ANTÉCHRISTA, 2003.

BIOGRAPHIE DE LA FAIM, 2004.

Composition IGS
Impression Bussière en juillet 2005
Editions Albin Michel
22, rue Huyghens, 75014 Paris
www.albin-michel.fr
ISBN broché : 2-226-16722-6
ISBN luxe : 2-226-13922-2
N° d'édition : 23566 – N° d'impression : 052633/4
Dépôt légal : août 2005
Imprimé en France.